kurz & bündig

10 Kurzgeschichten

Sanft geschwungene Hügel, Wiesen, Wälder, Talsperren und Fachwerkhäuser, das ist das Bergische Land – vielmehr als nur eine Filmkulisse.

Hier ist es bergig, das Terrain nicht überschaubar. Und auch wenn das Leben im Bergischen uns beigebracht hat, Berge zu versetzen, schlägt der Schmiedehammer immer wieder zu. Er verformt unsere Wirklichkeit, und wir stellen uns – jeder auf seine Weise.

Über das Buch:
Begegnungen mit Menschen versprechen die zehn Kurzgeschichten, die von Frauen im besten Alter, Lottogewinnern, Versicherungen und dem alltäglichen Wahnsinn erzählen. Die kurzweiligen Geschichten von Frieda Fontane bereichern das Bergische um ein paar liebevolle und zugleich seltsame Bewohner mehr.

Über die Autorin:
Die Autorin ist 1968 geboren und lebt mit Ihrer Familie in einer Kleinstadt im Bergischen.

Impressum

Bibliografische Information der Deutschen
Nationalbibliothek: Die Deutsche Nationalbibliothek
verzeichnet diese Publikation in der Deutschen
Nationalbibliografie; detaillierte bibliografische Daten
sind im Internet über dnb.dnb.de abrufbar.

Herstellung und Verlag:
BoD – Books on Demand, Norderstedt

© 2018 Frieda Fontane
Cover-Artwork: O. S.

ISBN: 978-3-7528-3620-2

Inhaltsverzeichnis

6 aus 49

Natürlich habe ich meine Frau geliebt. Sie war nicht unbedingt mein Leben oder die Luft, die ich zum Atmen brauche, aber sie gehörte zur Definitionsmenge der Gleichung einer Ehe. Anders gesagt: Unsere Ehe machte für beide Seiten einen Sinn – eine großartige Logik.

Ich fuhr den Rechner herunter, nahm, die noch warmen, mit gleichmäßigen Zahlenkolonnen gefüllten Seiten aus dem Drucker, und seufzte. Das Gutachten für die *Bergische-Krankenkasse* war fertig.

Fazit: Anstatt optimale Sicherheit, zum günstigen Preis zu gewähren, wurde bei der *Bergischen-Krankenkasse* massenhaft gestorben. Da nutzten auch keine 145 Jahre Tradition, innovative Kundenzentren in Solingen, Wuppertal und Bergisch-Gladbach oder die gesunde Bergische Luft. Egal, wen kümmert es, meine Arbeit war erledigt.

Am Vormittag hatte ich das Bergische-Krankenkassen-Problem modelliert, mittags eine Vermutung über die Wahrheit aufgestellt, den Rest des Tages mit Rechenexempeln verbracht und am Abend meine Vermutung anhand des *Gesetzes der großen Zahl* bewiesen. Im Ergebnis lief die Überschussbeteiligung der Bergischen-Krankenkasse deutlich gen Null, was meinen Erwartungswert komplett bestätigt hat – traurig, aber wahr.

Einen Satz zu beweisen ist für mich ein intellektuelles Erlebnis, das nur noch in der Kunst sein Gegenstück findet. Und ich, ich bin mein Geld wert, auch das hatte ich einmal mehr unter Beweis gestellt.

Ohne jemanden wie mich, einen Aktuar, dessen Bestimmung es ist, Versicherungsrisiken, Anlagerisiken und Liquiditätsrisiken methodisch zu bewerten, wäre die Existenz jeder Versicherung bedroht. Und nicht nur das, auch die Statistiken im Oberbergischen Kreis ließen die Bewohner nicht das fühlen, was sie ihnen vorgeben, würde es mich nicht geben, obwohl Gefühle und Zahlen sich ausschließen, eigentlich.

Meine Prognosedaten und Tortendiagramme, bei denen ich den ein oder anderen Tortenklumpen gern mal unter den Tisch fallen lasse, ebnen natürlich den Weg des Fühlens – bitte, das sollen sie ja gerade! Und nun ja, ich bin berechnend, wie sollte das anders sein, als Diplommathematiker.

Dennoch, wie immer, wenn ich meine Arbeit erledigt hatte und es mich zurück in die Gegenwart trieb, weil mein Körper nach Nahrung verlangte, schämte ich mich für mich selbst. Dafür, dass ich ein übergewichtiger, wissenschaftlich ausgebildeter Finanzmathematiker und ziemlich gefräßiger Zeitgenosse geworden bin. Und vor allem für die Tatsache, dass ich eine Frau an meiner Seite habe, auf die ich nach eigener stochastischer Analyse niemals hätte treffen dürfen. Denn eigentlich, eigentlich habe ich auch ein Gefühl für den ermittelten Wert.

Das unkoordinierte Geschirrgeklapper dieser Frau drang nur allzu deutlich an meine Ohrmuscheln und zwang mich, an ihrem schlichten Leben teilzunehmen. Auch wenn ich den Stapel Papier noch so sehr umklammerte, mir die Ohren zuhielt, es war mir verwehrt, in meine grandiose Dimension der Zahlen, zurückzukehren. Denn, die Stimme meiner Frau ließ sich nicht ignorieren:

„Günther, mach endlich Feierabend, Essen ist fertig!"

Die Welt gehorcht den Gesetzen, und ich den Kochkünsten meiner Frau Gerda.

Ich beobachtete sie, wie sie auf ihren beiden Beinen, die wie ein gleichschenkliges Dreieck auf dem Küchenboden vor dem Herd verwurzelt waren, dastand und irgendeine Melodie pfiff.

Im Hintergrund tönte der Fernseher und kündigte die Ziehung der Samstagslottozahlen an. Einer der wöchentlichen Höhepunkte in Gerdas Leben, neben der Mittwochsziehung.

Schon vor Jahren hatte ich versucht, ihr die Scheuklappen in Sachen Glücksspiel und Lotterie abzunehmen, indem ich ihr die Trefferquote anhand der hypergeometrischen Verteilungsformel erklärte. – Perlen vor die Säue! Wie konnte ein Mensch nur so gleichmütig durchs Leben gehen, ohne die Schönheit der Mathematik zu erkennen, welche zugleich Abbild des Sinns der Natur ist? Nein, Preisknüller, Schnäppchen, das Blumenbeet der Nachbarin und die *Gewinnzahlen 6 aus 49*, daraus bestand die Realität dieser Frau, meiner Frau.

Ich stellte mich in den Küchentürrahmen, merkte, dass ich mich immer noch am Papierstapel festhielt und suchte nach ein paar Worten für Gerda, doch es gelang mir nicht.

Mit selbstzufriedenem Blick begann sie mir den Nacken zu massieren und schob mich in Richtung Küchentisch, auf dem das Essen dampfte: Schweinepfeffer Bergischer Art mit Bandnudeln und Apfelmus.

Warum nur, war ich nicht in der Lage das Leben mit Gerda auf einen gemeinsamen Nenner zu bringen? Ich kannte die Antwort: Weil meine Frau geistlos in der Matrix gefangen war und sie merkte es nicht einmal. Gerda funktionierte einfach, tagaus, tagein.

Unser Leben ist keine Verknüpfung von Gleichem mit Gleichen, sondern ein mathematischer Trugschluss. Und auch wenn Gerda das Einmaleins beherrscht, weiß sie nicht, was das Kürzen eines Bruchs bedeutet. Behauptete sie doch glatt:

„Mein lieber Günther, ich habe sämtliche Brüche gelassen, wie sie sind, lang, einfach nur lang. Vom Kürzen halte ich gar nichts."

Diese Aussage hat mich schwer getroffen, aber ich arrangiere mich. Und an manchen Tagen gelingt es mir sogar, die Mathematik als einen Ableger der Sprache, und in meiner Frau den reinen Kehrwert zu sehen, jedenfalls dann, wenn sie gerade die Küche fegt.

Es war 21:45 Uhr und doch war ich noch nicht müde. Das Adrenalin, was mir bei den Berechnungen für die *Ber-*

gische-Krankenkasse durch die Adern geschossen war, hallte noch nach. So belohnte ich mich mit einer weiteren Portion Schweinepfeffer und malte gedankenverloren mit dem Messer Wurzelzeichen in die braune Soße. Gleich, nach der Ziehung, würde Gerda mit debil enttäuschter Miene in die Küche zurückkehren und das Geschirr abräumen. Das machte mich auf eine seltsame Art und Weise zufrieden, dass alles so, und nicht anders ablaufen würde.

Im Wohnzimmer war es still, bis auf das Rauschen der Ziehungsmaschine, welche die weißen Kugeln auf die Schaufel nahm, um sie anschließend in die gläsernen Aufnahmebehälter zu transportieren.

Gleich einem Standbild saß Gerda, mir den Rücken zugewandt, vor der einzigen Lichtquelle, dem Fernseher, dessen Flimmern ihre hoch toupierte Frisur dämonisch illuminieren ließ. Fasziniert starrte ich ihren Hinterkopf an, der mir mit einem Mal zwiespältig, wie ein Januskopf vorkam. Im gleichen Moment wandte sie sich mit einem triumphierenden Lächeln über ihre rechte Schulter an mich:

„Günther, ich habe einen Sechser im Lotto!"

Die Worte hatten ihre Lippen nur schemenhaft bewegt und ich erstarrte, mit dem Essbesteck in der Hand.

„Nicht!" Schrie sie und versuchte, sich schützend die Hände über die Gurgel zu legen, doch in diesem Augenblick spürte ich bereits, wie sich das Messer in die fleischige Kehle meiner Frau grub.

Ein Gefühl des Triumphes durchströmte mich, während ich hinter ihr kniete.

„Günther?"

Diese Stimme kannte ich doch. Aus Gerdas Mundwinkeln trat Blut. Ihr Gesicht zog sich zusammen, verlor die Farbe, als habe jemand eine Leitung gekappt.

Was war passiert? Ich versuchte, mich aufzurichten, doch Gerdas kalte Hand umschloss mein Handgelenk, als wollte sie mich zwingen, ihr in die Augen zu schauen. Sie röchelte.

Ich war sprachlos, konnte sie nur anstarren. Dann fiel ihr Kopf zur Seite und ein letzter Seufzer trat aus ihrem besudelten Mund. Und ich, ich begann endlich zu verstehen: Ausnahmen bestätigen die Regel.

Ich habe vergessen, wie lange es gedauert hat, bis sie kamen, mich zu holen. Seit die aus der psychiatrischen Haftanstalt mir Papier und Bleistift gegeben haben, sind meine Vertrauten, die natürlichen Zahlen, wieder bei mir. Auch wenn ich noch so gegen meinen Körper arbeite, ich kann ihn nicht dazu bewegen, auf der Stelle tot umzufallen, so wie die Risikostatistik es von einem wie mir erwartet.

Schwarzer Kaschmir

Der Verkäufer öffnete den Vorhang einen Spalt.
„Der ist ja wie für sie gemacht", sagte er, „es ist der Letzte, den wir haben ... aber lassen sie sich Zeit." Er lächelte. „Sie haben alle Zeit der Welt", meinte er und verschwand wieder.

Er wusste, dieser Pullover würde jetzt selbst zu mir sprechen. Bloß wie kam er darauf, dass ich Zeit hätte? Meine innere Uhr tickte, vor allem seit ich in Rente war, und übermorgen wollte ich meinen 66. Geburtstag feiern.

„Schau dich an, Leni", sprach der Traum aus schwarzem Kaschmir zu mir, „ich mache eine attraktive Frau aus dir."

„Meinst du?" Fragte ich leise zurück und strich mir eine silberne Haarsträhne aus dem Gesicht.

„Natürlich. Du hast mich verdient, Leni", flüsterte er und kuschelte sich noch dichter an meine welke Haut. „Ich werde gut zu dir sein, dich lieben, dich umgarnen, wenn dich sonst niemand will."

Gekauft, dachte ich. Und außerdem konnte ich dazu die Gänseblümchen-Kette mit dem Peace-Zeichen tragen. Meine silberne Kette vom Love-And-Peace-Festival auf Fehmarn.

Fehmarn, unsere Liebesinsel. Georg und ich, die erste gemeinsame Reise, Jimi Hendrix, viel Wind, ich – nackt mit Blumen im Haar, Patchouli-Duft, ein kleines Zelt, Rio Reiser, Marihuana und Beate Uhse. September 1970, beinahe ein halbes Jahrhundert war das her, und Georg seit 11 Jahren und 3 Monaten tot.

Seitdem ich Witwe bin, lebe ich allein. Mit Georgs Tod hatte ich begriffen, dass das Leben wichtige Entscheidungen ohne Rücksprache trifft und man nicht gefragt wird. Die einzige Freiheit, die man hat, ist die Möglichkeit, sich hin und wieder zu widersetzen. Damit ist man wenigstens selbst für das eigene Unglück verantwortlich.

„Ich nehme ihn", hörte ich mich aus der Kabine sagen, während ich über meinen Busen strich, der in den letzten Jahren zwar unberührt geblieben war, aber hartnäckig die Stellung hielt.

„Eine gute Entscheidung, sie haben einen tollen Geschmack", lobte der Verkäufer, blinzelte mir zu und nahm mir den Pulli aus der Hand.

„Das ist doch nicht ihr Ernst?", schaltete sich eine Verkäuferin ein, riss dem jungen Mann den Pulli aus der Hand und starrte mich an. „Sehen sie mal", sagte sie und hielt mir den Pullover ausgebreitet vor die Brust, während ich vor dem Spiegel stand. „Wie eine sizilianische Witwe sehen sie damit aus! Nehmen sie etwas Beiges!" Sie drehte sich und griff nach einer beigefarbenen Bluse im Kleiderständer hinter sich. „Hier, das ist praktisch in unserem Alter, passt immer, da kann man gar nichts falsch machen!"

Der Verkäufer und ich tauschten Blicke aus.

Eben noch euphorisch, wurde ich still, dachte über Beige nach. Beige hatte ich nie getragen. Beige ist keine

Farbe. Beige ist aufgereiht in den Empfangsportalen von Altenheimen, verborgen hinter den Griffen von Rollatoren, vertreten in Arztpraxen, und auf den Bänken von Friedhöfen sichtbar, aber doch nicht in meinem Kleiderschrank. Die Bilder verzogen sich ruckelnd aus meinem Kopf, und entschlossen sagte ich:

„Wissen sie was? Ich nehme den trotzdem, er gefällt mir. Ich glaube, ich habe mich in ihn verliebt."

Ich zwinkerte dem Verkäufer zu, woraufhin die Verkäuferin kopfschüttelnd verschwand.

„Hab ich doch sofort erkannt, dass sie Geschmack haben, meine ich", grinste der Verkäufer, „darf ich sie auf ein Gläschen Sekt einladen, gleich hier an der Theke?"

„Sehr gern."

Wir stießen an.

„Gegen die totale Verbeigung", prostete der nette Verkäufer mit den strahlend blauen Augen mir über den Verkaufstresen zu.

„Niemals beige", legte ich nach und fühlte mich mit einem Mal vollkommen verstanden.

Die Gläser klirrten, wir lachten, und plötzlich duzten wir uns. Sascha, dem ich locker drei Jahrzehnte voraus war, schenkte mir noch einmal nach, bevor er den Pulli in Seidenpapier einwickelte. Als er mir das Wechselgeld herausgab, berührte er kurz meine Hand, und mir wurde ein bisschen schwummerig, so zarte Hände hatte er.

Die beiden Gläschen Sekt, obendrein auf mein heimisches Sektfrühstück, verfehlten ihre Wirkung nicht. Erst beflügelt, dann leicht schwankend, mit weichen Knien und einer pinkfarbenen Tüte am Arm verließ ich den Laden. Alles war so gut oder schlecht wie immer.

Da stand ich nun im Parkhaus-Lift, der mich zu meinem Auto in die Tiefgarage bringen sollte. Nur leider wollte mir überhaupt nicht einfallen, auf welcher Ebene ich geparkt hatte. Ein entspanntes Einkaufserlebnis in Wohlfühlatmosphäre, wie das Plakat im Aufzug es versprach, war das hier längst nicht mehr, eher Stress pur.

Mir fiel nicht ein, was ich tun konnte, also fuhr ich Fahrstuhl, rauf und runter, immer wieder. Solange, bis ich erschöpft und mir völlig elend war, ich mich auf dem Fahrstuhlboden niederließ. Deprimiert starrte ich die Stockwerk-Anzeige im Aufzug an.

„Brauchen sie Hilfe?", fragte mich jemand, während die anderen Fahrgäste misstrauisch auf mich herab äugten, als sei ich eine verwirrte Greisin, die eine pinkfarbene Tüte entführt hätte.

„Danke, alles bestens." Ich klemmte mir die Tüte unter den Arm und raffte mich wieder auf. Und meine innere Stimme ergänzte: „Reiß dich ja zusammen Leni, bloß nicht weiter auffallen, außerdem bist du die Einzige, die sich für dich interessiert, andere Leute haben selber Sorgen."

Zwei Stunden später, hatte ich es geschafft und musste nur fünf Euro Parkgebühr nachzahlen. Ich startete mein altes Schätzchen, warf einen Blick in den Rückspiegel, sah meine glasigen Augen und griff wie üblich nach dem Mundspray im Handschuhfach.

Anstatt mir einen Neuwagen zuzulegen, der viel jünger ist als ich, hatte ich den alten mit einem MP3-Player aufgerüstet und konnte unterwegs jederzeit meine Lieblingsmusik hören. Oft fragte ich mich, warum man der Welt ständig etwas Neues hinzufügen sollte, wenn das Vorgefundene doch erhaltenswert ist. Manches Bestehende lohnt sich, gegen die psychotischen Kräfte des Fortschritts zu verteidigen, zumal man gar nicht weiß, wohin das alles noch führen wird. Ich mochte mein Auto, damals war es Georgs Spielzeug, heute war es eine Erinnerung an unsere gemeinsame Zeit.

... mit 66 Jahren, da fängt das Leben an, mit 66 Jahren, da hat man Spaß daran, mit 66 Jahren da kommt man erst in Schuss, mit 66 Jahren, ist noch lang noch nicht Schluss ...

Es tönte aus den Boxen, ich sang mit. Wie recht Udo hat, dachte ich – nein hatte, wäre richtiger. War mein Idol doch erst vor Kurzem gestorben. Immerhin ist er an die achtzig geworden, ein paar Jahre waren also durchaus noch drin, hoffentlich auch für mich. Meine Stimmung verschlechterte sich, daran änderte auch Udos nächstes Lied nichts.

... aber bitte mit Sahne ... noch ein Tässchen Kaffee, aber bitte mit Sahne. Noch ein kleines Baiser, aber bitte mit Sahne ...

Außerdem, zu viel Süßes im Rentenalter war ungesund. Ich achtete auf mich, war immer noch dieselbe geblieben, hielt Zähne und Figur. Der einzige Unterschied war, dass ich nicht mehr jeden Morgen gegen sechs Uhr raus musste, mir meine Tasse Tee einflößen und ab nach Köln zur Arbeit.

Seit Bastei-Lübbe 2010 umgezogen war, war es schon ein bisschen mehr Fahrerei für mich geworden. Aber ich hatte meinen Job geliebt, über 30 Jahre, und ihn niemals freiwillig aufgegeben. Nach Georgs Tod wirkte die Arbeit als Lektorin wie eine Therapie für mich. Andererseits, jetzt gab es keine Meetings mehr bis spät in die Nacht, keine nervigen Kollegen und kein versalzenes Kantinenessen. War das alles nicht ein Segen, manchmal schon.

Außerdem hatte ich noch einmal eine völlig neue Seite an mir entdeckt, jetzt, wo ich nicht mehr täglich aus dem Haus musste.

Champagner statt Kamillentee!

Wobei es bei mir Sekt war. Jeden Morgen ließ ich einen Korken knallen, Sektfrühstück nur für mich allein. Ein bisschen Veränderung musste schon sein, als flotte Rentnerin.

Damals, zu meiner Zeit, Anfang der Siebziger, galten Rauchen und Trinken nicht als Laster, sondern als Hobby. Eine Frage des Geldes, nicht der Gesundheit. Ernsthaft geraucht hatte ich nie, Gesundheit gehörte für mich bis heute dazu. Und meine Rente, die war in Ordnung.

„... aber bitte mit Sektchen ...", trällerte ich und schaffte es für einen kurzen Augenblick, mir vorzumachen, ich sei glücklich.

Zu Hause angekommen, gerade als ich in meine Garage einbiegen wollte, musste ich haarscharf in die Eisen gehen.

„Verdammter Köter!"

Ich schaute auf das Hinterteil von Helgas Zwergpudel, der erst nach mehrmaligem Hupen gemächlich die Einfahrt räumte. Das weiße Biest ignorierte mich einfach, ließ sich nicht aus der Ruhe bringen und schob siegessicher auf meine Nachbarin zu.

Helga nimmt manchmal Pakete für mich an, meistens, wenn der Paketbote vor 11.00 Uhr klingelt. Die weiße Töle ist ihr Ein und Alles. Seit Neuestem tragen die beiden Reklameblättchen aus, verstopfen die Briefkästen.

„Hallo Leni, geht das auch ein bisschen langsamer?", fuhr sie mich mit hochgezogenen Augenbrauen an und schmiegte die Töle schützend wie ein Kind an sich.

„Tut mir leid Helga, hab den nicht gesehen."

„Sag ich ja. Langsam, Leni, immer mit der Ruhe, uns läuft nichts mehr davon ..."

„... ach, hör bloß auf, etwas Ähnliches hab ich heute schon mal gehört. Wir leben nicht ewig Helga ... wie viel Uhr ist es?"

„Das fragst du mich? Schau doch auf dein tolles Handy-Dings-Bums, das weiß doch immer alles besser!"

Handy? Intuitiv griff ich in meine Manteltasche, aber da war nichts. Ich spürte einen Anflug von Panik in mir aufsteigen.

„Wir sehen uns spätestens übermorgen, Helga. Hast du hoffentlich nicht vergessen, meinen Geburtstag, meine ich ... du kommst doch?"

Helga nickte beiläufig und gab ihrem Hund Küsschen.

Auch nachdem ich den Inhalt meiner Handtasche wutentbrannt auf den Küchentisch ausgekippt und alle Mantel- und Jackentaschen überprüft hatte, blieb das Handy verschwunden. Ich heulte, sah auf die Küchenuhr, warum, weiß ich auch nicht. Es war kurz vor sechs Uhr. Wütend schmiss ich einen Blumentopf um, von dem ich meinte, er stünde mir schon lange im Weg.

Ich lief durchs Haus, jammerte und beschimpfte mich selbst, im Wechsel. Zur Beruhigung nahm ich den ein oder anderen Schluck Wein, aus der Flasche.

Seit einiger Zeit hatte ich mir angewöhnt, auch Rotwein eiskalt zu trinken. Das war über den Tag gesehen erfrischender und eine willkommene Abwechslung zu den Sektperlen, die mir manchmal zu aufdringlich waren.

Mein Magen knurrte. Bis auf einen Frühstückskeks hatte ich noch keine feste Nahrung zu mir genommen. Ich schaute auf die Fertiggerichte im Kühlschrank, die sich zwischen den Sekt- und Rotweinflaschen türmten. Das Tiefkühlfach war voll, *Bofrost* hatte mich erst letzte Woche beliefert.

Früher hatte ich in der Verlagskantine gegessen oder gern mal was gekocht, heute bestellte ich einmal im Monat online, alles andere lohnte sich nicht für mich. Niemand zwingt mich zu etwas, verlangt etwas von mir, au-ßer der Winzer: Die Einhaltung des Mindestbestellwertes von 50 Flaschen. Meistens bestelle ich mehr, über den Monat gesehen. Alles kommt heute direkt online ins Haus. Gründe, das Haus zu verlassen, gibt es kaum – au-ßer man ist zu blöd und verliert sein Handy, beschimpfte ich mich und nahm einen tiefen Schluck aus der Flasche. Am Ende tat ich mir leid, wie so oft seit ... ach, ich weiß auch nicht.

Es war dunkel, als mich die Haustürklingel weckte, ich auf dem Flokati im Flur aufwachte. Ich raffte mich auf, der Bewegungsmelder sprang an und tauchte den Flokati, auf dem ich wie auf einer einsamen Insel festge-sessen hatte und mit dem ich meinen Rotwein ungewollt geteilt hatte, in schummriges Licht. Ich erwartete nie-manden. Unangemeldeten Besuch bekam ich schon lange nicht mehr und für den Paketboten war es viel zu spät.

Auf allen Vieren kroch ich in die Küche, zog mich am Türrahmen hoch und schlich an der Wand entlang zum Fenster. Zwischen Kühlschrank und Fenster hatte ich freie Sicht auf den Eingangsbereich, ohne selber gesehen zu werden.

Jemand sprang die Treppen zur Straße hoch, auf dem Weg drehte sich derjenige noch einmal um, schaute zur Tür. Dann erkannte ich ihn im Schein der Straßenlaterne. Sascha, der Verkäufer. Ich rührte mich solange nicht, bis er in sein Auto eingestiegen war und die Rückscheinwer-fer von der Bildfläche verschwunden waren.

Wie konnte der mich finden, und was um Himmelswillen wollte er? Hatte ich mich peinlich benommen? Mein Kopf schmerzte beim Versuch, die verschiedenen Informationsbruchstücke zu einem stimmigen Bild zu arrangieren.

Ich betätigte den Lichtschalter und bewegte mich durch die Küche, vorbei am offenen Backofen mit einer inzwischen fast aufgetauten Lasagne auf dem Gitterrost. Zum Glück hatte ich den Ofen nicht eingeschaltet, bevor ich weggedämmert war.

Ich schaute an mir runter. Große Löcher hatten sich an Füßen und Knien meiner Strumpfhose gebildet. Sie war aufgerissen, und die Nylons hatten sich wie lose Haut von den Füßen aufwärts an meinen Beinen hochgerollt. Im Gesicht sah ich wahrscheinlich auch nicht besser aus. Ich nahm die Suppenkelle von der Hängeleiste und schaute mich darin an, verzerrt und winzig sah mein Gesicht aus.

Am Morgen meines 66. kam Helga zum Frühstück, allerdings machte sie schon nach dem dritten Gläschen schlapp, wollte noch ein Nickerchen machen, bevor es später losging, und musste noch mit der Töle Gassi gehen.

Ich hatte keine Zeit, was selten genug vorkam. Erst Frisör, dann Kosmetikerin, später die Torte im Café Bauer abholen.

„Herzlichen Glückwunsch zum Geburtstag, Leni", sagte Yvonne, als ich ihren Kosmetiksalon betrat.

Nachdem ich meine Tasche abgelegt hatte, stießen wir mit prickelnden Gläschen an.

„Yvonne, du hast daran gedacht!"

„Natürlich Süße – und ich weiß: Sekt statt Selters! Prost, auf die nächsten ... ach egal, sind doch nur ein paar Zahlen!" Sie lachte, schenkte uns noch einmal nach.

Während ich auf dem Behandlungsstuhl lag und die Algen-Maske auf Gesicht und Hals einwirkte, döste ich ein. Ich dachte an Georg, an den netten Verkäufer und an mein Handy. Das letzte was ich hörte, war, wie Yvonne erklärte, mit der neuen Produktlinie ließen sich bei regelmäßiger Anwendung, gut 10 Jahre rausholen. Genauso sollte es sein, wenn mein dementer Bruder Dieter, meine Schwägerin und die anderen gegen 15.00 Uhr, vermutlich alle von Kopf bis Fuß in Beige, bei mir eintreffen wollten.

„Süße, du schnarchst. Hat dir das schon mal jemand gesagt?"

„Was, ich? Nein! Niemals!"

„Ist nicht schlimm Süße, das haben wir alle. Nach den Wechseljahren sinkt der Hormonspiegel und der Schnarchpegel steigt an."

„Yvonne, das glaub ich nicht!"

„Kannst du aber, mein Mann hat es mir gestern erst bestätigt und er muss es wissen. Männer fangen übrigens viel früher mit de Schnarchen an. Also mach dir bloß nichts draus, alles halb so wild! Und feiere noch schön. Wir werden alle älter, hoffentlich. Bis demnächst, Süße!"

Nachdenklich machte ich mich auf den Weg Richtung Café Bauer.

Meine Gäste waren auf die Minute pünktlich und Helga schwer beeindruckt von der Torte mit meinem Bild. Ein Schappschuss von meinem 55. Geburtstag, Georg hatte ihn geschossen.

„Wow, so etwas Modernes hätte ich nicht hinbekommen, Leni. Ich bin zwar gut im Backen, aber mit Foto, das ist schon was Besonderes."

Klar, dachte ich ein bisschen scheinheilig, du hast ja keinen Schimmer, was da draußen los ist, in der digitalen Welt. Wenigstens würde sie niemals ein Handy verlieren.

Helga ist Hausfrau, immer schon, und ein paar Jahre älter als ich. Ihr erster Job ist der mit der Töle.

„Gleich eine Führungsposition", habe ich gesagt, als sie mir vor ein paar Wochen stolz von ihrer neuen Einkommensquelle erzählte. Ich glaube, sie hat es nicht kapiert, die gute Seele.

Kein Handy, kein Internet, keinen Führerschein, stattdessen Plattenspieler und Videokassetten. Zwischen uns liegen Welten. Und trotzdem kommt sie mir immer entspannt und zufrieden vor, jedenfalls zufriedener als ich es bin. Gesund sieht sie aus, ganz natürlich, ohne viel Schnick-Schnack und kochen tut sie auch, nur für sich. Ehrlich gesagt, war ich manchmal neidisch auf Helga, die den besten Apfelkuchen der Welt macht – scheiß auf die Fototorte.

Wie immer, füllte meine Schwägerin meinen Bruder mit Bier ab. Schon lange fragte ich mich, wie sich das mit seinem Tabletten-Cocktail vertrug. Dennoch kaufte ich jedes Mal, wenn die beiden sich ankündigten, fünf Flaschen Bier, nur für Dieter. Meistens waren mein letzter Verwandter und seine denkende Hälfte synchron mit dem letzten Flascheninhalt verschwunden. Alles ging dann immer diskret, ruck zuck. Mantel an und Tschüß. Und ich, ich fragte nicht weiter, nie. Meine Schwägerin fragte ja auch nicht. War es genau das, was unsere Beziehung ausmachte, Respekt und Toleranz? Oder war es etwas anderes?

Einmal musste ich ihr helfen, Dieter ins Auto zu hieven, das war ihr sichtlich unangenehm. Und zur Toilette ging er nur noch in ihrer Begleitung, für meinen Geschmack ziemlich häufig. Das alles würde mir erspart bleiben. Alleinsein hat eben auch Vorteile.

„Hier, Leni, seine letzte Tournee", sagte Gaby, reichte mir eine DVD von Udo Jürgens und strich zärtlich über den Ärmel meines neuen Pullovers.

„Kaschmir – dein Geschenk an dich?", fragte sie und lächelte mir zu, „und die Kette ist von Georg, stimmt`s? Passt toll zusammen, steht dir echt gut."

Ich nickte. „Dankeschön meine Liebe, dann mal Prost, auf die neuen Alten!", sagte ich und dachte, „verdammt Leute, wenn ihr wüsstet ..."

Alle, außer meinem Bruder, hoben ihre Gläser. Dieter hielt die Bierflasche hoch und verzog keine Miene. Wenigstens macht er mit, dachte ich und legte meine Hand auf seine Schulter. Mein Bruder tat mir leid, alles hatte schleichend begonnen. Immer beginnt etwas schleichend und endet meist mit einem riesen Knall. Plötzlich riss Siggi mich aus meinen Gedanken.

„Mal im Ernst, Leni", nahm sie mich beiseite, „schon mal darüber nachgedacht, dich auf dem hiesigen Markt umzuschauen ... jetzt wo du Rentnerin bist? Du bist allein. Keine Verpflichtungen. Keine Kinder. Keine Enkel. Ich stelle mir das eher langweilig vor ... ich kenne da eine Seite im Internet, Ulla hat da ihren neuen ...“

Ich nahm einen Schluck aus meinem Glas, weiter kam ich nicht – zum Glück, denn es klingelte an der Türe.

„Doch noch ein Überraschungsgast?", rief meine Schwägerin und stellte Dieters Bierflasche ab, die er immer noch wie ein Zepter in der Hand hielt.

„Guten Tag, ich hoffe ich störe nicht, aber sie, ich meine, du, du hast dein Handy in der Umkleide vergessen.“ Mit seiner rechten Hand streckte Sascha mir mein Handy entgegen. „Und herzlichen Glückwunsch zum Geburtstag. Der ist für dich", sagte er und zog einen bunten Blumenstrauß hinter seinem Rücken hervor.

„Dankeschön! Oh man, das gibt es doch nicht. Ich bin total baff! Ich weiß gar nicht, was ich sagen soll. Ich liebe bunte Blumen!“

Am liebsten hätte ich ihn umarmt.

„Dann sag einfach nichts und bitte mich rein, wenn du magst", strahlte er mich an.

„Natürlich, komm rein, es sind noch andere Gäste da, im Wohnzimmer.“

„Danke vielmals", sagte er, machte eine kurze Verbeugung und musterte mich sofort wieder. „Leni, ich war vorgestern schon mal hier, weil ich dachte, du vermisst dein Handy. Es war spät abends, nach der Arbeit, aber du hast nicht aufgemacht ..."

Ich schämte mich. „Oh, das tut mir leid, mir ging es gar nicht gut, deswegen bin ich früh ins Bett."

Er blieb stehen, sah mich an und atmete tief ein. „Ah, okay, freut mich, dass es dir jetzt wieder besser geht."

Ich nickte leicht beklommen, fühlte mich ertappt.

„Ach und denk jetzt ja nicht falsch, Leni. Das Geburtstags-Ding weiß ich aus unserer Kundenkartei, okay. Nicht, dass du denkst, ich wäre ein schräger Vogel der dir hinterherspioniert."

„Nein, natürlich nicht. Alles gut Sascha, einfach geradeaus, ins Wohnzimmer, da sind auch die anderen."

Ich zitterte leicht.

Im Wohnzimmer war es mucksmäuschenstill. Meine Gäste kamen mir vor wie die Wachsfiguren bei Madam Tussaud, nur war keiner von ihnen auch nur halb so berühmt. Sascha schaute mich an, und eine Weile standen auch wir einfach nur da, nebeneinander, und lächelten. Die erste, die die Sprache wiederfand, war Siggi.

„Willst du uns den jungen Mann nicht vorstellen, Leni?"

„Klar. Das ist Sascha, er arbeitet in einer Boutique in Gummersbach, Forum Gummersbach. Wir haben uns zufällig dort getroffen ... kennengelernt ... als ich einkaufen, war, neulich eben. Sascha, darf ich dir etwas zu trinken anbieten?"

„Gern, Kaffee bitte, ich muss noch fahren."

Sascha blieb, er blieb auch, nachdem die anderen Gäste längst verschwunden waren. Und er trank, Rotwein, Stunden später. Wir saßen nebeneinander auf der Couch und unterhielten uns wie gute Freunde.

Sascha hatte viel zu erzählen, sein Leben war spannend, anders als meins. Er kam viel rum, reiste gern, erzählte mir von Urlauben und vom Bergsteigen. Ich sprach über den Verlag und über Georg.

Es tat gut, mit jemandem zu reden. In den letzten Monaten war das immer seltener geworden. Schon lange war mir klar, was ich vermisste. Mein Leben war eingeschlafen, es war eintönig und eigentlich wollte ich viel mehr vom Leben. Ich wollte leben und darum wünschte ich mir, dieser Tag würde nie zu Ende gehen.

Zwischendurch ging ich zur Toilette und betrachtete mich ein paar Sekunden zu lange im Spiegel. Als ich noch arbeiten ging, hatte ich das oft getan, mich intensiv im Spiegel angeschaut. In letzter Zeit war es weniger geworden, und in diesem Moment dachte ich, ich hätte vor mehr als dreißig Jahren damit aufhören sollen. In Spiegel starrt man am besten mit zwanzig.

„Alles in Ordnung?", fragte Sascha, als ich zurückkam, „ich hab mir schon Sorgen gemacht."

„Warum?"

„Na ja, du warst lange im Bad. Ich dachte schon, dir sei schlecht geworden ... zu viel Alkohol oder so."

Ich winkte ab. „Nein, nein. Es ist nur, mir ist da gerade was Blödes eingefallen, ein Wortspiel. Ich dachte darüber nach, ab einem gewissen Alter sollte man anstatt von Lebewesen besser von Sterbewesen reden." Schief lächelte ich Sascha an.

Er verdrehte übertrieben die Augen.

„Mal ehrlich Leni, hast du Probleme mit dem Älterwerden?"

„Na ja, Altern ist eben nichts für Feiglinge, weißt du", sagte ich, lächelte verkrampft und befahl mir, den nächsten Satz, der mir auf der Zunge lag und in eine ähnliche Richtung ging, mit einem tiefen Schluck Rotwein runterzuspülen. Ich hob das Glas, es war leer. „Oh, schon leer, sollen wir noch eine köpfen, was meinst du?"

„Wenn du magst ... und kannst, ... gerne."

Er schaute mich aus den Augenwinkeln an, fuhr nachdenklich mit dem Zeigefinger über den Rand des Glases. Für den Bruchteil einer Sekunde dachte ich, vor 40 Jahren wäre das der Moment gewesen, indem du dich auf einen Kuss oder eine Nacht zu zweit vorbereitet hättest. Stattdessen nickte ich Sascha kurz zu, stand auf und schob ab in die Küche, um Nachschub zu besorgen.

Als ich zurückkam, war unser Gespräch verstummt, als ob wir beide über etwas nachdachten. Sascha öffnete die Flasche und füllte die Gläser. Schweigend stießen wir an und lauschten Udos Gesang im Hintergrund.

Irgendwann nach Mitternacht hatten wir angefangen, allein zu tanzen, aus einer Laune heraus, einfach so.

... Griechischer Wein ist so wie das Blut der Erde. Komm schenk dir ein und wenn ich dann traurig werde, liegt es daran, dass ich immer träume von daheim; Du musst verzeih`n ...

Es war einer von diesen spontanen Wohnzimmertänzen, wie man sie am Anfang einer Beziehung erlebt. Auf dem Kuhfell-Teppich vor dem Fernseher wirbelten wir umeinander herum, und ich hatte keine Ahnung, dass junge Leute so etwas heute immer noch tun.

Es war nach 12 Uhr mittags, mein Geburtstag seit Stunden vorbei, als ich allein in meinem Kaschmirpullover auf dem Sofa aufwachte. Udos Gesang hatte mich geweckt.

... Denn immer, immer wieder geht die Sonne auf. Und wieder bringt ein Tag für uns ein Licht ...

Die Musik war in Endlosschleife durchgelaufen, hämmerte in meinen Schädel. Ich hatte einen widerlichen Geschmack im Mund, meine Augen fühlten sich geschwollen an, brannten. Das Wohnzimmer roch säuerlich. Ein Kater der übelsten Sorte, einer bei dem man sich nach dem Aufwachen wünscht, man wäre tot und nicht betrunken.

Ich rappelte mich auf, setzte vorsichtig einen Fuß vor den anderen, bis ich in etwas Nasses trat. Kotze. Die Lache Erbrochenes hatte sich wie die Umrisse der Deutschlandkarte auf dem Boden vor mir ausgebreitet und ich stand mittendrin, zwischen dem Saarland und Mecklenburg-Vorpommern.

Was war passiert? Ich stand allein auf dem Schlachtfeld. Alle anderen hatten es verlassen und waren in ihre Leben zurückgekehrt. Und ich, was war ich, was war mein Leben – zum Kotzen.

Ich stellte die Musik ab, stolperte ins Bad. Während man Dinge vermeidet, die man bereuen könnte, beschwört man andere herauf, dachte ich. Aber was bloß, hatte ich heraufbeschworen? Ich wusste es nicht einmal. Angst und Erwartung, gepaart mit einer seltsamen Leere, starrten mir aus verquollenen Augen aus dem Badezimmerspiegel entgegen. Sascha, ob ich ihn verschreckt hatte? Und wie hatte der Abend mit ihm geendet? Ich wusste es nicht – Filmriss.

Ich quälte mich unter die Dusche. Nachdem ich mich gereinigt und die Spuren der letzten Nacht beseitigt hatte, legte ich mich aufs Sofa und schaltete den Fernseher ein. Ich zappte ein bisschen durch die Kanäle. Aber auch das half nicht, die Erinnerungslücken der letzten Nacht zu schließen. Ich fühlte mich mies, wusste nicht, wie und ob ich Sascha demnächst unter die Augen treten konnte. Mein Gehirn war außer Gefecht gewesen, und das nicht zum ersten Mal, in den letzten zwölf Monaten.

War es außerdem nicht nur eine Frage der Zeit, bis ich es aufgeben würde, mich abends vom Sofa ins Bett zu schleppen? Nicht mehr lange, dann würde ich gleich auf dem Sofa pennen. Und auch diese Vorstellung bereitete mir Sorgen.

Gegen Sorgen hatte ich etwas im Kühlschrank, eine flüssige Freiheit, der ich mich nicht widersetzen wollte. So war ich wenigstens für mein eigenes Unglück verantwortlich.

„Prost, Alte", sagte ich zu mir selbst und lachte, oder weinte ich, „Alt- und Alleinsein hast du dir nicht ausgesucht, ist quasi eine Entscheidung, die das Leben ohne Rücksprache mit dir getroffen hat Leni. Da staunst du, was?"

Die erste Flasche war leer, die Nächste geöffnet und griffbereit. Ich wusste es, obwohl ich meine Augen geschlossen hielt. Manchmal war nichts Sehen besser, als dem tanzenden Staub in der Luft zuzuschauen. Überall diese Fusseln und Fäden, die sich im Raum bewegten, als rüsteten sie sich zum Angriff gegen mich. Aus Angst schloss ich die Augen, der Schweiß brach mir aus. Mir wurde flau.

Irgendwann glaubte ich, Saschas Stimme im inneren meines Kopfes zu hören. Etwas berührte mich.

„Leni? Hallo Leni!"

Ich öffnete die Augen, schlug um mich. Arme hielten mich fest.

„Leni, Leni, hör auf, ich bin hier. Ich bin es, Sascha."

„Sascha ...? Was ... was ts..ust du hier?"

„Ich habe deinen Haustürschlüssel gestern mitgenommen – verzeih mir, aber ich wollte einfach keiner Katastrophe beim Eintreten zuschauen. ... Du, du warst so merkwürdig ... Trotzdem bin ich wohl ein bisschen spät dran."

„Ka ... Katastrophe, welch...e Kastrophe", lallte ich.

„Du, du bist die Katastrophe Leni, du trinkst, ... du bist Alkoholikerin."

„Hör ... hör auf mit dem Blödsinn. Lass mich in Ruhe! Mir ist schlecht! Verschwinde! Hau ab!"

„Nein! Bestimmt nicht. Ich werde nicht zusehen, wie du dich selber abschaffst ... hat mir bei meiner Mutter gereicht ... und dieses Mal hau ich nicht ab. Lass dir helfen, Leni, bitte! – Du bist es wert, dein Leben ist es wert!"

Zwei Monate war ich von zu Hause weg, in einer Entzugsklinik. Nach vielen Therapiestunden mit reichlich Emotionstheater und dutzenden Selbstbetrugsversuchen habe ich es, glaube ich, endlich kapiert. Natürlich spricht das Leben nicht alles mit einem ab, aber man hat die Freiheit, zu agieren, und ist damit für das eigene Glück genauso verantwortlich, wie für das eigene Unglück.

Saschas Mutter hatte den Moment verpasst, rechtzeitig zu reagieren. Unter Einfluss von knapp 2 Promille hatte sie sich zu Hause das Genick gebrochen, als sie im Keller Nachschub holen wollte.

Nächste Woche fahre ich mit ein paar Leuten zum Ski-Langlauf nach Österreich – wollte ich immer mal ausprobieren.

Und ich hab mir einen Hund angeschafft, einen schwarzen Dackel, Idefix, der will meistens schon früh raus.

Weil mir das Schreiben schon immer lag, habe ich angefangen, an einem Roman zu arbeiten. Ab und zu kommt Sascha vorbei, wir haben eine besondere Beziehung und gehen oft mit Idefix spazieren.

Den Kaschmirpullover trage ich immer noch – ist quasi mein Glücksbringer.

Gelbsucht

Einen spiegelblank polierten Quader aus Granit hatte sich Yuchang als Grabstein gewünscht, damit ihr Mann, der Künstler, jedes Mal, wenn er an ihr Grab kommt, sich selber ins Gesicht sehen und sich fragen muss, warum er ihr das angetan hat.

Doch er musste sich nicht fragen, denn einen Grabstein gab es nicht. Deswegen besucht Yuchang ihn in seinem Atelier und lässt ihn ihre Gegenwart zwischen all den Leinwänden, Farben, Pinseln und Gerüchen spüren.

Er soll seine kleine gelbe Perle für den Rest des Lebens fühlen. Wie kann sich Yuchang sonst sicher sein, dass noch an sie gedacht wird? Denn, solange man die Toten nicht vergisst, leben sie zwischen uns weiter.

Damals ...

Lange ist es her, da war ich Künstler. Weil ich nichts Anständiges gelernt hatte, das war der Grund. Von irgendetwas musste ich schließlich leben.

Mein Naturell war weder sinnlich noch fantasievoll, eben anders, als man es Künstlern nachsagt. Farben waren nie mein Thema, auch nicht als ich ein Kind war. Ich liebe das Nichtstun, seit ich laufen und denken kann.

Die Ölmalerei kostete mich unendliche Mühe und Überwindung, als ich mich im fortgeschrittenen Alter entschloss, davon zu leben. Vergeblich suchte ich im Geruch von Terpentinöl, Harzfirnis und Lasur nach Leidenschaft, doch stattdessen: Kopfschmerzen, Erbrechen und viele Quadratmeter Leinwand einer intensiven Grau-Periode.

Niemand interessierte sich für meine graue Kunst. Allein deswegen legte ich täglich ein Stück mehr künstlerische Egozentrik an den Tag. Von allein wurde ich zum Provokationsgenie – man mied mich. Solange, bis meine Selbstinszenierung ihren vorläufigen Höhepunkt fand und ich frierend im Dunkeln, in meinem Atelier im Österreicher-Haus an der Bever saß.

Das einsame Haus im Forst, war das letzte, was mir vom Familienbesitz geblieben war, Ländereien und Häuser hatte ich längst verkauft und verlebt. Es kam, dass Gas– und Stromlieferanten meinen Auftritt als klassisches Genie zwischen Außenseitertum und Wahnsinn verkannt hatten und mir eines Tages trotz Protests, Strom und Gas gesperrt hatten.

So fand mich mein einziger Freund, ein Augenarzt aus Wipperfürth, zusammengekauert und in Lumpen, hockend vor einer mit Schimmel überzogenen Leinwand. Als guter Freund wollte er nicht länger sehenden Auges an meinem Schicksal teilhaben.

„Hör mir zu, ich glaube an dich als Künstler und an deine besondere Kunst", ermutigte er mich.

Wenigstens einer, dachte ich und schwieg, während er mir ins Gewissen redete und Mut zusprach. Als Vertrauensbeweis lockte er mich mit einer Reihe profitabler Auftragsarbeiten für ausgesuchte Arztpraxen in der Umgebung von Hückeswagen bis Nümbrecht.

„Dies ist deine zweite Chance, mein Freund", sagte er und wischte gedankenverloren über eine der grauen Leinwände. „Ich stelle keine Bedingungen, sondern gebe dir nur einen kleinen Ratschlag, von Freund zu Freund: Frage dich nicht nach dem Sinn des Lebens, gib ihm einen und such dir endlich eine Muse!"

Mein Freund, der Augenarzt, ist ein beständiger Verführer, nie ohne mindestens eine Spielgefährtin an seiner Seite. Er preist die Weiblichkeit durch und durch, während seine Ehefrau nach all den Jahren beide Augen zudrückt.

„Ich weiß, was du denkst, aber vergiß es. Niemand lebt ohne Mängel, wir sind Menschen und keine Engel. Und außerdem hat mich die Evolution gelehrt, meine Gene zu streuen, aber nicht mein Geld. Darum bleiben meine Frau und ich zusammen, bis das der Tod uns scheidet. Eigentlich recht einfach?"

„Nein, finde ich nicht", sagte ich und schüttelte den Kopf. Für mich war das ein ungeeigneter Gedanke, weil ich von Natur aus faul bin. Schon jetzt scheute ich den Aufwand eine Muse wieder loszuwerden, sobald die ihr Verfallsdatum erreicht hatte. Überhaupt, wozu sich erst küssen und dann an die Kette legen lassen. Und noch schlimmer, sich aus Gewohnheit oder Geldnot gegenseitig beim Verrotten zuzusehen. Nein, ich doch nicht.

Also ignorierte ich die Empfehlung und nahm nur die Auftragsarbeiten an. Wozu hat man gute Freunde, sagte ich mir.

Der rastlosen Lethargie wegen, die mir mit den Jahren zur lieben Gewohnheit geworden war, benötigte ich jedoch einen zusätzlichen Anstoß. Etwas ohne viel Aufwand, versteht sich. Ich musste lernen, eine tägliche Routine zu entwickeln. Einen Impuls, der genauso zuverlässig funktioniert, wie die Gewissheit, wenigstens einmal am Tag die Toilette aufzusuchen und als Minimum ein gelbes flüssiges Geschäft zu verrichten.

Als ich mich im Atelier zwischen Flaschen mit Malmitteln und Allerlei anderem umsah, dämmerte mir, wie ich meinen Körper überlisten konnte, Alkohol.

Der Geist des Weines als schmackhafter Antrieb, zuverlässiger Garant, Musenersatz und quasi vorantreibendes Malmittel, multifunktional ein- und absetzbar – perfekt.

In den nächsten Wochen und Monaten machte ich jede Art Hochprozentiges zum jovialen Assistenten. Jede neue Flasche durchbrach eine weitere Barriere und der Erfolg ließ nicht lange auf sich warten, tatsächlich. Meine Werke leuchteten grellbunt und irrwitzig. Scharf konturierte Bilder in rot, lila, türkis, und mit einer Prise Chaos und Willkür. Man riss sie mir förmlich aus den Händen. Dem Kölner, Galeristen der fortan für mich arbeitete, gelang es kaum, seine Gier hinter vorgegebenem Intellekt zu verstecken. Er verdiente, ich soff.

In Interviews beschrieb ich meine Kunst als ein intensives Erlebnis und eine Kombination von sich stets widersprechenden, komplementären Gefühlen. Ich bezeichnete die Bildreihe für die Arztpraxen als sogenannten *Begeisterung-Schwindel-Angst-Kunst-Periode.* Nebenbei bemerkt, dieser Begriff kursiert heute noch in der Kunstszene.

Ich entwickelte mich, erfand mich jeden Tag aufs Neue. Nebenwirkungen des Alkohols hielt ich für überbewertet, außerdem waren sie jederzeit durch einen fetten Barscheck gedeckt.

Leinwände, die ich bei einem Pegel zwischen 2 und 3 Promille beschwingt anpinselte, brachten mir ein wahres Vermögen. Hochprozentig gefangen im Rausch der Farben, lebte ich orgastisch in der Stimmung, sämtliche Konventionen zu brechen. Ich begann an Wiedergeburt zu glauben, meine Wiedergeburt. Ich, die Reinkarnation einer Verschmelzung der größten Maler aller Zeiten und dabei unglaublich farbstark.

Einmal betitelte mich ein Kritiker als neurotischen Wirrkopf, nur weil ich mich weigerte, ihm Rede und Antwort zu stehe – die Wahrheit ist, ich war voll. Kritik perlte rückstandslos an mir ab, genau wie irgendeine dämliche Stilrichtung, die ich mal hier mal da erfand. Ja, ich hatte mich selbst übertroffen und mir versagten die Worte, immer öfter.

Inspirierten mich zufällig 38% Mindestalkoholgehalt eines Deutschen Weinbrands, tauchten auf meinen Leinwänden wahrhaftig Verrisse der Hell–Dunkel–Kontraste eines typischen Rembrandt auf. Auf Nachfrage eines Kunstprofessors betitelte ich meine Maltechnik als zeitgenössisches *38er–Brandy–Verfahren.* Im Darauffolgenden erhielt ich Anfragen von der ansässigen Akademie der Künste für ein Symposium.

Aber, insgeheim waren mir diese Kunstbesessenen, jene einfühlsamen Künstlerversteher und speichelleckenden Kunstbetriebssöldner, alle zuwider. Ich schämte mich für meine Schmierereien. Dies war der wahrhaftige Grund, warum sich meine sensible Künstlerseele allmählich der Gesellschaft entzog.

Mein angegriffenes Inneres machte es sich zwischen Bier, Schnaps und Wein auf einem Haufen Moneten bequem und suchte Faulheit und Ruhe. Irrigerweise schwemmte mein Körper auf und mein Geldbeutel schwappte über. Als gemachter Künstler hatte man es wahrhaftig nicht leicht, doch als ich das erkannte, war es längst zu spät.

Ich hatte nur noch einen einzigen Vertrauten, den Briefträger. Derselbe blasse namenlose Mann, der mich für ein horrendes Entgelt mit Promille-Nachschub versorgte. Er war es, der mich eines Tages im Schlafanzug hockend, neben einer vollgeschissenen Leinwand im Atelier des Österreicher-Hauses vorfand. Angeblich hatte ich behauptet, die braune Stunde sei angebrochen, so erzählte man mir später. Was danach passiert war, daran kann ich mich eher nicht erinnern.

Später wachte ich in einem farblosen Raum bei schummrigem Licht auf. Wie ich dorthin gekommen war, weiß ich bis heute nicht. Dafür wusste ich, wo ich gelandet war. Draußen vor der Tür gab es einen langen neonbeleuchteten Flur mit vielen verschlossenen Türen, eine davon war meine. Zimmer 223, Helios Klinik Wipperfürth, innere Abteilung. Die Diagnose, schwerer Leberschaden, Langzeitalkoholiker mit fortgeschrittener Gelbsucht und akuten Vergiftungserscheinungen.

Ans Pflegebett gefesselt, hörte ich dem Vogelgezwitscher aus dem Krankenhauspark zu. Es wechselte sich mit den Geräuschen von blechernen Servierwagen ab, die über ausgetretenes Krankenhaus–Linoleum rollten, und sich mit stetigem Geschirrklappern vermischten.

Ich litt unter üblen Blähungen, chronischer Verstopfung und entsetzlichen Schmerzen unter meinem rechten Rippenbogen. So vegetierte ich im Gedanken dahin und weigerte mich beharrlich, die Hoffnung auf ein Wunder endgültig aufzugeben. Man musste also erst loslassen, um zu merken, was einen hält.

„Warum hast du nicht auf mich gehört?", fragte mich mein fast vergessener Freund, der Augenarzt.

Hätte ich in diesem Moment mit den Schultern zucken können, ich hätte es getan. Ohne Antwort fuhr er fort:

„Trotzdem solltest du nicht vergessen, dass der Wert deiner Bilder umgekehrt proportional zu deinen schlechten Leberwerten steigt. Vergiss das ja nicht, mein lieber Freund!"

„Ist es denn immer noch nicht vorbei."

„Nein, noch nicht", sagte er und ich wette er sah, wie mir die Angst durch die Gedärme schoß.

Er half mir, mich aufzurichten, als ich mich von ihm verabschiedete und mein Blick fiel auf die Flüssigkeit, die im Urinbeutel an meinem Bett schwappte. Sie hatte die Farbe von dunkel gebrautem Bier. Ich war zutiefst beunruhigt und zugleich bedrückt, als es zaghaft an meiner Zimmertüre klopfte.

Sie wirkte dünn, beinahe zerbrechlich. Mit dem vorsichtigen Gang eines Chamäleons betrat sie das Krankenzimmer, und deutete eine devote asiatische Verbeugung an, als sie an das Bett trat, in dem ich zusammengekauert wie ein Embryo lag.

Sie war überaus grazil, geschmeidig, die Haut von der sanften Farbe einer hellgelben englischen Rose. Augen wie Mandeln, und sie hatte glänzendes, schwarzes, zu einem Zopf geflochtenes Haar, das bis zum Ansatz ihres winzigen Popos reichte.

Das ist die schönste Frau, die ich je in meinem Leben gesehen habe, glaubte ich und schämte mich gleichzeitig für mich selber, für die mit Furzen angereicherte Luft und die Umstände, unter denen wir uns erstmals begegneten.

„Guten Molgen", sagte sie lächelnd, entblößte dazu eine Reihe samtweißer gerader Zähne, „haben sie gut geschlafen? Ich bin Schwestel Yuchang und welde mich um sie kümmeln."

Sie schüttelte mein Kopfkissen auf, und ich streckte ihr meinen zerzausten Kopf entgegen. Freundlich schaute sie mich an, während sie mit einer routinierten Bewegung meine Bettdecke aufschlug. Für den Bruchteil einer Sekunde kitzelte mich das Ende ihres langen Zopfs in der Armbeuge – da war es um mich geschehen.

Augenblicklich verlor ich die Beherrschung, war fassungslos, wie von Sinnen. Seit Monaten, vielleicht auch seit Jahren, hatte ich nicht mehr gelacht. Jetzt brach alles aus mir heraus.

„Schön, sie lachen wiedel! Wel lacht, wild gesund! Abel wollen sie mil vellaten, walum sie lachen?", fragte sie und tauschte den vollen Urinbeutel gegen einen leeren aus. Sie war eine übernatürliche Erscheinung, und selbst der pralle Urinbeutel wirkte in ihren zarten Händchen wie ein Kunstgegenstand.

Ich suchte verlegen nach Worten. Aus einem Schlafanzug, der mir viel zu eng war, und aus Augen, die von gelber Augenhaut umschlossen waren, sah ich sie an.

„Schon seltsam, da leide ich an fortgeschrittener Gelbsucht, und dann taucht eine kleine gelbe Frau in meinem Krankenzimmer auf!"

Sie kicherte leise. Offensichtlich hatte sie meinen Versuch, einen schlechten Witz zu machen, verstanden. Beinahe zärtlich, legte sie ihre Hand neben meine auf die weiße Bettdecke und sagte:

„Schauen Sie, so gelb bin ich gal nicht!"

Ich lachte, trotz meiner schmerzenden Rippen. Aber dieser kleine Engel hatte etwas, dem ich mich nicht entziehen konnte.

Mein gelbsüchtiges Leben beinhaltete von nun an täglich zwei Höhepunkte. Das morgendliche Bettenmachen und das Mittagessen. Fast konnte ich mich nicht entscheiden, was mich mehr in Wallung brachte. War es das Bettenmachen, bei dem sie mich immer häufiger wie zufällig berührte, und ich unter ihren Berührungen fast verbrannte? Oder war es das Mittagessen, bei dem sie auf meinem Bett saß, und mir Geschichten aus ihrer Heimat erzählte.

„In China wimmelt es nul so von Geisteln und Dämonen, weißt du, übelall lungeln sie helum, deswegen habe ich meine Heimat vellassen. Wil Chinesen tlagen zwei Seelen in uns, sie sind die Lebensenelgie, das Qi ...“

Ich nickte immerzu, ohne sie aus den Augen zu lassen. Wie schön sie war, auch wenn ich nicht alles verstand, was die sagte.

„... stilbt man, tlennen sich die Seelen, eine geht in den Himmel, die andele bleibt im Glab. Manchmal klappt Tlennung von Seele nicht, dann gibt es Algel ... dann Dämon kommt ... weißt du.“

„Hier bei uns gibt es keine Dämonen, Yuchang, hier bist du sicher“, tröstete ich sie.

Meine Genesung unter Yuchangs Obhut tat große Fortschritte. Mein Teint strahlte pastellgelb. Ich machte Spaziergänge durch den Krankenhauspark. Trotzdem fieberte ich meiner Entlassung nicht wirklich entgegen. Was würde aus uns werden? Ich hatte längst mein Herz an sie verloren. Yuchang sollte ihren Platz an meiner Seite einnehmen, mehr als nur eine Muse sein.

Kurze Zeit später tauchte unversehens der scheußliche Kölner Galerist in meinem Krankenzimmer auf – der mit dem winzigen Mund und den schmalen purpurroten Lippen. Das Scheusal musste sich eigens von meinem Zustand überzeugen.

Er sagte meinen Arbeiten weiterhin eine glänzende Zukunft voraus. Wenngleich seine Unterlippe, die sich als einzige beim Sprechen bewegte, es nicht lassen konnte, hämisch zu erwähnen:

„Der Geldwert deiner Kunstwerke wird nach deinem Ableben wie eine überbewertete Aktie in die Höhe schießen. Weißt du, was das bedeutet?" Er rieb sich die Hände.

„Verpiss dich!" Schrie ich ihn an.

Als er weg war, schaute ich in den Spiegel. Dort sah ich einen blassgelben Mann, dem das Schicksal eine passende Frau geschickt hatte, und ich war mir sicher: Der Tod war in dieser Sternstunde des Lebens das Leben nicht wert. Mein Leben hatte einen Sinn, Yuchang.

Noch am selben Tag schrieb ich ihr zwischen den Koniferen im Krankenhauspark meinen Heiratsantrag in den gelben Blütenstaub auf dem Gartentisch. Ich flehte sie an, mich zu retten. Spürte ich doch täglich, wie sie mich inspirierte. Endlich hatte ich sie gefunden, meine Muse, Offenbarung, Retterin der wahren Konfession.

Die Antwort auf mein Ersuchen brachte sie mir am nächsten Morgen, raffiniert versteckt in einer Tablettenbox *Morgens-Mittags-Abends-Nachts*. *Morgens,* war mit dem Zusatz *Ja,* und einem hübschen chinesischen Schriftzeichen versehen.

„Es ist das Zeichen fül die Ewigkeit", säuselte Yuchang, „unsele Ewigkeit, Liebstel."

Wie in Trance ließ ich mich zurück auf die üppige Kissenportion fallen. Ein Seufzer blieb mir abrupt im

Hals stecken, während sie sich mit fantastischer Plötzlichkeit und der Arglosigkeit einer Jungfrau, mit gespreizten Beinen auf mir niederließ. Yuchang saß mit ihrem vollkommenen Körper, gehüllt in einen winzigen Schwesternkittel und ein Häubchen, rittlings auf mir und hielt mich mit ihrem sanften Atem in Schach. Erstmals, seit Jahren, spürte ich meine Männlichkeit unter der Bettdecke pochen. Die Bewegung, ein zarter Kontrapunkt zu den Bewegungen ihres Gesäßes. Bilder nackter Nymphen in noch nie da gewesenen Farben, durchfluteten meinen Verstand. Hätte ich meine Utensilien griffbereit, wäre mir das wahre Meisterwerk des Jahrhunderts gelungen. Stattdessen hauchte ich ihr nur verstohlen etwas in ihre kleine gelbe Ohrmuschel.

„Nicht hier und jetzt, mein kleiner gelber Käfer. Später, später, wir haben Zeit."

„Abel ich will dich, ich liebe dich", hauchte sie.

„Und ich liebe dich", flüsterte ich viele Male.

Sie streichelte meine Hand und schaute verwundert in meine Augen, ehe sie von mir abließ. So ging unsere erste intime Begegnung zu Ende. Und ich wusste, vor uns lag eine fantastische Zukunft.

Meine Haut hatte die Farbe von getrocknetem Papyrus. Ich war vollkommen genesen und wieder zu Hause. Bis auf Alkoholfirnis hatte ich alles aus meinem Atelier verbannt, das nur annähernd wie Fusel roch.

Yuchang las mir jeden Wunsch von den Lippen ab, kochte Reisgerichte aus ihrer Heimat, backte exotische

Kuchen mit Safran. Im Pavillon neben dem Haus tranken wir Tee und Yuchang hauchte meinem Künstlerhirn immer neue Eingebungen ein. Vor allem, wenn sie ihren langen Zopf mit raffinierten Bewegungen auf ihrem kleinen Po tanzen ließ.

Ich nenne diese exzessive Zeit gerne meine *Rapsfeld-Ära*. Blühende Rapsfelder in Öl auf grober Leinwand, in den Maßen drei Meter mal zwei Meter fünfzig oder größer, waren keine Seltenheit und landeten weltweit in Ausstellungen zwischen den Werken der Großen. Yuchang und ich flogen aus, raus aus Hückeswagen hin zu Ausstellungen nach Paris, London und New York. Ich wurde gefeiert. Meine Bilder waren Kunst, ernsthafte Kunst. Und ein paar dieser Werke sind bis heute in Arztpraxen von Wipperfürth, Hückeswagen, Marienheide und Lindlar zu sehen.

Einst war ich ein alkoholkranker Künstler. Doch dann war ich ein gemachter Ehemann und begnadeter Kunstschöpfer. Mein Leben bestand hauptsächlich aus gesunder Ernährung und regelmäßiger körperlicher Ertüchtigung. Hätte ich es nicht besser gewusst, ich hätte behauptet, das Kamasutra sei chinesischen Ursprungs, und Yuchang sei aus dem chinesischen Staatszirkus entflohen. Ich selber beschränkte mich auf eher triviale akrobatische Balztänze. Manchmal waren es nur fließende Bewegungen wie sanfte Ozeanwogen am frühen Morgen oder späten Nachmittag.

Dazwischen hatte ich genügend Zeit, den Pinsel zu schwingen und mich wichtigen künstlerischen Aufgaben zu widmen. Kam mein Freund, der Augenarzt zu Besuch, zwinkerte er mir zu und klopfte mir auf die Schulter. Wobei ich mich sehr wunderte, als er mit mir unter vier Augen sprach und meinte:

„Weißt du mein Freund, die Hochzeit ist der Hauptgrund für Ehescheidungen, sagt man."

Und tatsächlich, irgendwann begannen auch bei Yuchang und mir die Dinge schiefzulaufen, und ich kann mich wie heute an diesen Tag erinnern.

Es war Mitte September und ich hatte eine beispiellos aufreibende und überaus anstrengende Arbeit für die Kunsthalle in Düsseldorf abzuliefern. Yuchang leistete mir im Atelier in ihrem Lieblingssessel Gesellschaft und zwirbelte ihren Zopf. Und jedes Mal wenn ich sie ansah, lag in ihren Augen etwas schrecklich Anklagendes, Vorwurfsvolles. Als ob ich ihr nicht genügend Beachtung schenkte.

Ich setzte mich neben sie und begann, ihr von meinem neuesten Werk zu erzählen. Ich redete darüber, was mir an dem Bild nicht passte, was mich störte, und dass ich nicht weiter wüsste. Ich zweifelte daran, ob ich den Auftrag jemals beenden konnte. Es waren die Sorgen eines ganz normalen Mannes und eines schlechten Tages.

Doch nachdem ich knapp eine Stunde geredet hatte, merkte ich, dass Yuchang mir gar nicht zugehört hatte. Sie sah mich gedankenverloren aus ihren Mandelaugen an und legte mir ihre biegsamen kleinen Finger an meine

Mannheit. Enttäuschung machte sich in ihrem gelben Gesichtchen breit.

Ich riss mich von ihr los und fuhr sie mit Worten an, von denen ich gar nicht wusste, dass ich sie kannte. Doch trotz des fremden Vokabulars, das ich verwandte, fühlte ich mich im Recht. Was dachte sie sich bloß. War sie geltungsbedürftig, egoman?

Mit einer kindlichen Bewegung, die reizender war als jede sinnliche Liebkosung, wischte sie ihre Tränen an meiner Schulter ab und verließ mit gebeugtem Haupt das Atelier.

Ich fand sie im Fensterkreuz hängend. Flach auf dem Boden neben ihr, eine meiner größten Leinwände. Darauf hatte sie eine Botschaft hinterlassen:

„Du hast mich abgewiesen, ich habe mein Gesicht verloren. Qi ist erloschen aber meine beiden Seelen werden sich nicht trennen, ich komme zurück Liebster!"

Ich fühlte mich schuldig. Wie ein Schlafwandler zog es mich zurück in mein Atelier. Aber ich spürte, die *Gelbe–Ära* war auf ewig vorbei.

Nie wieder habe ich seit Yuchangs Tod einen Pinsel in die Hand genommen. Das Atelier ist ein verwunschener Ort, an dem Dinge geschehen, die ich mir nicht erklären kann. Pinsel verschwinden, Farbtuben laufen aus, Leinwände sind grau gestrichen. Ich lebe hinter grauen Nebelschwaden und gleite umgeben von einem Grauschleier durch die farblose Welt. Manchmal frage ich mich, wer hier tot ist. Dann höre ich von irgendwoher ein leises Kichern, oder bilde ich mir das ein.

Mein Freund, der Augenarzt hat mich letzte Woche besucht – an einem Tag an dem es regnete und die Sonne schien. Gemeinsam standen wir am Fenster und er sagte:
„Sieh mal der schöne Regenbogen, inspiriert er dich nicht?"
Die Antwort blieb ich ihm bis heute schuldig, denn ich sah den Regenbogen nicht. Dafür hörte ich ein helles Kichern zwischen den Leinwänden. Ich hielt mir die Ohren zu und schaute meinen Freund mit weitaufgerissenen Augen an.
„Du kommst morgen in mein Praxis, ich werde deine Augen untersuchen, so geht das nicht mehr weiter, mein Freund", sagte er.

Mein Freund untersuchte meine Augen aufwendig mit den modernsten Gerätschaften und seine neue Assistentin, die Yuchang verblüffend sah, zwinkerte ihm zu und kicherte. Und dann sagte mein Freund:
„Es tut mir leid, der gelbe Fleck auf deiner Netzhaut ist verletzt, deswegen kannst du die Farben nicht mehr sehen. Was soll ich sagen – Künstlerpech?"
Wieder hörte ich ein leises Kichern ...

Eine kluge Ehefrau

Seit jemand mein Augenlicht ausgeknipst hat, wohne ich im Paradies und bin nicht mehr allein. Elias hat dafür gesorgt, dass die Dame deren Stimme klingt, als singe sie den Tag über fröhliche Lieder, immer bei mir ist. Manchmal liest sie mir vor.

Elias sagt, ich sei ein braves Mädchen und habe alles richtig gemacht. Niemand wird es wagen, mir etwas anzutun, sagt er. Er wird mich beschützen, solange ich lebe.

Es ist warm, ich liege in einem weichen Bett, bekomme gutes Essen, Obst, Kuchen und Kaffee, habe ein Radio und einen Rollator. Und weil ich ein bisschen faul geworden bin, halte ich das Besteck nicht mehr selber, aber niemand ist böse deswegen.

Es geht mir gut. Jeder Morgen, an dem ich aufwache, ist etwas Besonderes und unabänderlich, wie Zeit und Schicksal, die stets beide entscheiden. Das Leben ist ein Geschenk, und mit der Zeit wird die Zeit immer wichtiger.

Es mag lange her sein, aber ich erinnere mich genau, alles hatte recht harmlos angefangen. Plötzlich trug mein Spiegelbild drahtige Haare am Kinn, obwohl ich eine Dame bin. Meine Ohren nahmen dramatisch an Größe zu, das Gehör stetig ab. An manchen Tagen fühlte ich mich steif und ein wenig unbeweglich. Das Trinken war mir lästig geworden, darum vergaß ich es manchmal.

„Altwerden hinterlässt eben Spuren, mein Liebchen", sagte mein Mann Karl immer – Gott hab` ihn selig.

Der Karl war ein feiner Kerl, aber Zeit ist eben vergänglich und ein Glück habe ich sie mit dem richtigen Menschen verbracht. Karl, der hatte Humor.

„Guck mal Frieda, schau dir bloß diesen blaugeäderten Zinken an, damit hätte ich mich nicht geheiratet und du mich auch nicht. Aber wir hatten beide genügend Zeit, uns daran zu gewöhnen. Und darum bin ich, wie ich bin, wohl weil du mich genauso brauchst, wie ich bin, Liebchen. Lass uns gemeinsam Altwerden, meine Schöne."

Neulich habe mir vor Schreck in meine helle Cordhose gemacht. Auf dem Friedhof, als mir aufgefallen war, ich habe gar nicht Karls Grab bepflanzt, sondern irgendeines, in der Nähe. Kann ja mal vorkommen, auf einem Friedhof, wo alles gleich aussieht. Trotzdem machte ich mir Gedanken und vereinbarte einen Termin bei unserer Hausärztin. Die gleiche Frau Doktor, die früher Karls Diabetes behandelt hatte und uns die feinen Spritzen mit den Ersatznadeln auf Rezept verschrieben hatte.

Den Termin bei der Ollen habe ich vergessen, ich habe einfach zu viel um die alten Ohren. Was hat die sich aufgeregt wegen des verpassten Termins. Aber angestellt hat die Olle sich immer schon. Auch damals, als Karl nach einer Packung mit diesen blauen Pillen verlangte, die gegen Schlaffheit, untenrum, meine ich. Ja, Karls nicht vorhandenes Stehvermögen bereitete uns beiden kein Vergnügen mehr. Nein, aber davon wollte Frau Doktor ja bloß nix hören. Anstatt ihren Rezeptblock zu zücken, hielt sie sich die Ohren zu. Wir kamen uns vor wie Bittsteller – das geht doch nicht!

Am Ende hat Karl sich die blauen Dinger selbst besorgt. Und so breitete sich für uns an einem verschneiten Winterabend vor dem Kamin der zweite Frühling aus. Ich weiß noch genau wie Karl mich ansah und sagte:

„Sieh mal Liebchen, Spaghetti al dente, nix mehr vermatschte Nudel."

Wir lebten lange Zeit mehr oder weniger rezeptfrei und zufrieden.

Der Wechsel zu Herrn Doktor ging leicht. Ich war froh, denn der Neue war weniger streng und sehr von meinem Äußeren angetan. Der Schelm, bat mich sogar um ein Rezept für spurloses Altern, ohne meine inneren Werte untersucht zu haben, – hätte er, hätte er gewusst, dass ich ein großes Herz und eine dritte Niere habe, beides harmlos.

Na ja, weil der Doktor ein Netter ist, und ich häufig allein, besuchte ich ihn manchmal und setzte mich in sein schönes Wartezimmer, das mit dem blubbernden Wasserspender. Beim Doktor ist immer was los. Man trifft sich, man kennt sich, es gibt viele bunte Zeitschriften und der Wasserspender erinnert mich daran zu trinken. Eines Tages, tönte es durch die Sprechanlage in den Warteraum:

„Herr Ferdinand Zank, bitte."

Ich dachte, ich fall vom Stuhl. Ferdi Zank? Herzlichst begrüßte ich den glatzköpfigen Ferdi mit Handschlag, während der sich mittelschwerfällig vom Stuhl erhob. „Mensch, Ferdi, weißt du noch? Eine Ewigkeit ist das her! Ich bin es die Friederike!"

Bedauerlicherweise konnte der Gute sich an nichts erinnern, nicht einmal an unsere feuchten Küsse. Egal, unser letztes Rendezvous hinter der Antoniuskapelle in Waldbruch, lag mehr als ein halbes Jahrhundert zurück, da kann schnell mal was durcheinandergeraten.

Jung und schwerverliebt, waren der Ferdi und ich, Klassenkammeraden in der Volksschule Hermesdorf. Ich mit frechem schwarzem Bubikopf, er mit hochmodischen Knickerbockern. Wir paukten zusammen mit fünfzig anderen in der Klasse auf kalten Holzbänken, und manchmal spürten wir den Schlagstock.

Ferdi, ein gut aussehender vernünftiger Draufgänger, drahtig war er und kaum älter als ich. Er half den Ofen im Klassenraum beheizen, füllte den Wasserkrug für den Tafelschwamm und verdrehte uns Mädchen nebenbei den Kopf. Ein links gescheitelter Musterschüler, und auch wieder nicht. Völlig anders als sein widerlicher Zwillingsbruder, der rechtsgescheitelte Fritz. Eineiige Zwillinge, die unterschiedlicher nicht sein konnten.

Ferdi, später Herrenausstatter mit eigenem Modegeschäft, ist verzogen nach Wuppertal Elberfeld. Fritz, sein Bruder, ein Totengräber, ich habe vergessen, wo er gräbt.

Nach all den Jahren brachte mir der Zufall meinen angebeteten Ferdi zurück. In einem Wartezimmer, als hätte ich auf ihn gewartet.

Alles ging schnell. Wir fingen an die Zukunft zu planen, erst dann schauten wir in die Vergangenheit, ab einem gewissen Alter ist das normal, glaube ich. Und was soll ich sagen, es dauerte nicht lange, dann haben wir uns nach all den Jahren, praktisch unter ärztlicher Aufsicht, getraut. Wenn man wie ich, 1916 geboren ist, lässt man sich nicht mehr lange Honig ums Maul schmieren.

Zu einer Zeit, als der Lavendel auf meiner Terrasse duftete, verwandelte ich mich von Friederike Ehrlich, in Friederike Zank.

Für die zweite Ehe wollte ich nur das Beste. Muss man nicht dankbar sein, für so viel Zufall und spätes Liebesglück – man sollte. Deswegen trug ich Ferdis goldenen Ehering mit Respekt und ließ mich reichlich von meinem zweiten Mann zur Hochzeit beschenken. Nicht unbedingt etwas Romantisches, eher etwas Nützliches. Eine Gefriertruhe mit 225 Liter Nutzinhalt, Fabrikat *Liebherr*.

Und das für mein Empfinden kurioseste Hochzeitsgeschenk, eine lange Küchenschürze, mit der Abbildung eines in raffinierte schwarze Dessous gehüllten Frauenkörpers – der meinem von damals, verblüffend ähnlichsah. Typisch Ferdi, Modebranche eben. Es war herrlich, langsam kamen ihm die Erinnerungen hoch.

Nun, die Hochzeit war weniger pompös als mein Aussehen im letzten Jahrhundert. Aber, in unserem Alter hat man eben vieles erlebt, kann gut verzichten und sieht die Dinge eher pragmatisch. Deswegen räumte Ferdi gleich nach der standesamtlichen Trauung, seine Kleidung in Karls leeres Schrankfach ein, und ich kümmerte mich um unser Hochzeitmahl. Rinderrouladen mit Gewürzgürkchen und Speck. Noch heute sehe ich ihn mit hochgekrempelten Hemdsärmeln vor mir und höre ihn schmatzen.

Der Ferdi bestand darauf, seinen hässlichen braunen Ohrensessel neben meinem schönen Kamin zu platzieren. Die einzige Aussteuer, die er in den Haushalt eingebracht hatte. Und weil ich nicht schon am ersten Ehetag über ein Möbelstück streiten wollte, backte ich Waffeln, schlug Sahne und kochte Milchreis. Ferdi lauerte wie ein alter Sesselfurzer in seinem monströsen abgegriffenen Aussteuerstück. Auch wenn ich es nur ungern zugebe, ab diesem Moment bereute ich unsere Ehe. Zweifel nagten an mir, aber ich schwieg.

„Kluge Menschen sprechen aus Erfahrung, Klügere sprechen aus Erfahrung nicht", hatte Karl immer gesagt, und der hatte recht.

Nicht lange und unser Eheleben entpuppte sich als Hölle auf Erden. Ferdi machte sich breit in meinem Leben und ich verlor die Orientierung im eigenen Haus, kaum waren er und sein deformierter Sessel eingezogen.

Einmal, als mein Telefon klingelte und ich es aus der *Liebherr* fischte, wo ich es meistens ablegte, weil ich nach längeren Telefonaten häufig heiße Ohren hatte, rastete der Ferdi gemeingefährlich aus.

„Das gehört sich nicht", schrie er wutentbrannt und schmiss mein schnurloses Telefon auf den Boden, wo es zerbrach. Ferdi machte mir Angst. Er besorgte ein sogenanntes schnurgebundenes Seniorentelefon, wickelte mir die Schnur um den Hals und befahl mir, von jetzt an meine Telefonate nur noch mit diesem Ding zu führen.

„Du hast doch nicht alle Tassen im Schrank, mein Lieber", sagte ich leise.

Kurz danach, vielleicht war es auch davor, holte ich seinen Tagesanzug nach sechzehnhundert Umdrehungen und fünfundneunzig Grad aus der Waschmaschine. Eines der besten Waschprogramme meiner Miele!

Aber nein, Ferdi stellte sich schon wieder an, als ob ich ihm an den Kragen wollte. Sauber und duftend war seine Klamotte, nur Ferdi fand sie unpassend. Mein neuer Ehemann war nicht wiederzuerkennen, auch nicht in diesem vertrauten Kleidungsstück. Ferdi benahm sich, wie ein Wahnsinniger aus dem *Kabinett des Doktor Caligari*, ein großartiger Stummfilm unserer Zeit. Natürlich, angeblich hatte Ferdi den Film nie gesehen. Dass ich nicht lache! Er hat mich selbst in diese Vorführung eingeladen, damals, 1932!

Vieles was nach unserer Hochzeit geschehen ist, habe ich dank meines gesunden Menschenverstandes vergessen, blaue Flecke sind verheilt.

Ferdi, hatte zwei Gesichter, aber keine Eheerfahrung. Und ich, ich war immer schon eine kluge Ehefrau und ließ nichts unversucht.

Als erfahrene Witwe eines Diabetikers mit Erektionsstörungen und Beinprothese, nahm ich mir vor, meine Ehe mit winzigen Überraschungen zu retten. Heimlich gab ich Ferdi von Karls übrig gebliebenen blauen Pillen, in der Hoffnung, sie bescherten ihm bessere Laune. Stattdessen lief der Tölpel rot an, fasste sich ans Herz, klagte über Schwindelgefühle und ließ sich in sein braunes Ungetüm. Eine einzige Schlappe!

Ich lenkte mich ab, kochte Eintopf – Linseneintopf, und mir war klar, die Scheidung von Ferdi war keine Lösung. Denn, nagt der Finger erst am Puls der Zeit, ist es für manches zu spät. Und da fiel mir beinahe planmäßig das Arzneischränkchen im Bad ein, Karls letzter Vorrat an blauen Pillen.

Jedenfalls musste Ferdi sich nach dem Linseneintopf arg an seinem Sesselmonster festhalten, um nicht auf der Stelle umzukippen. Es brauchte, bis er sich von mir beruhigen und ins Schlafzimmer führen ließ, wo er sich pustend auf dem Ehebett ablegte.

Nachdem Ferdi dank Karls Wunderpillen unfriedlich in Bauchlage eingeschlummert war, stach ich mehrmals mit der Insulinspritze in seinen Allerwertesten hinterher.

Ich lud nach, bis das komplette Erbe entsorgt war und die Nadel sich stumpf anfühlte.

Karls Medikamentennachlass kam mir wie ein nachträgliches Geschenk vor – ich liebe Karl. Erschöpft schlief ich neben meinem zweiten Ehemann ein.

Über Nacht hatte sich die erste Schneedecke gebildet. Barfuß lief ich auf die Terrasse, ließ tanzend meine Spuren im Schnee zurück. Das hab ich als Kind schon getan.

Der Ferdi lag klamm und starr im Ehebett, während das Küchenradio für die nächsten Tage weitere Schneeschauer verkündete. Ich freute mich, nicht lange, dann wäre ich endlich wieder Karls Schneekönigin.

„Erst die Arbeit, dann das Vergnügen", hörte ich, Karls Worte, in meinem alten Kopf.

Ich warf mir Ferdis Hochzeitsgeschenk über, besagte Schürze und kokettierte ein wenig vor seinem steif gewordenen Körper. Ein letzter gut gemeinter Versuch, weniger von ihm, als von mir. Ferdi zeigte keinerlei Erregung, niemals konnte ich es ihm recht machen. Resigniert begab ich mich an die Drecksarbeit. Doch vorher, zog ich Ferdis Ring von meinem Finger.

Es war nicht leicht, meinen Gemahl in gerechte Portionen aufzuteilen. 225 Liter Fassungsvermögen reichten längst nicht aus. Ich schichtete um, in die Regentonne auf der Terrasse. Seinen Ehering ließ ich ihm am abgetrennten Finger stecken, sollte er das verlogene Fangeisen behalten, mir brachte es nichts.

Bis in die frühen Abendstunden waren Ferdi und ich beschäftigt. Kein Mal hatten wir uns in den letzten Monaten so intensiv miteinander beschäftigt, so viel gemeinsame Zeit verbracht.

„Manchmal passiert eben erst etwas, wenn man sich auf den Weg macht, Liebchen", hörte ich Karls Stimme, als ich mit dem gröbsten fertig war.

Sofort streifte ich mir Karls Ring über, erst dann fühlte ich mich zu Hause angekommen, der alte Eheschmuck passte, als sei die Zeit stehen geblieben. Und ich antwortete Karl:

„Besser mal ein bisschen zu weit gehen, als nicht weit genug. Auch wenn wir beide keine Chance mehr haben, wir nutzen sie."

Und gerade als ich mir zufrieden einen Piccolo gönnte, läutete es an der Türe. Es fühlte sich an, wie ein Schlag ins Gesicht.

„Guten Tag, mein Name ist Elias Zank und ich bin Pfarrer. Ich suche meinen Onkel Ferdinand Zank, ich muss ihn dringend sprechen."

Ich bat den aufmerksamen jungen Mann rein und bot ihm eine Tasse koffeinfreien Kaffee an, er bot mir das *Du* an.

„Dein Onkel ist gerade verschwunden, es tut mir leid", erklärte ich ihm und nahm einen Schluck Kaffee, „wir haben uns gestritten, weißt du. Aber du darfst mich jederzeit wieder besuchen."

Elias ließ sich nichts anmerken, lächelte und wirkte, als suche er nach etwas. Gedankenverloren schaute er hinaus auf die verschneite Terrasse. Es war mir nicht angenehm, aber ich folgte seinem verträumten Blick.

Etwas in der Regentonne glitzerte, fast genauso schön, wie Karls Ehering an meiner blutigen Hand.

„Tante, das muss ich mir anschauen", sagte Elias und ging hinaus auf die Terrasse.

Leichenblass vor Kälte und mit der Hand vor dem Mund, kam er zurück. Für einen Moment glaubte ich, er müsste sich übergeben, aber da hatte ich mich getäuscht. Er bat um einen Schluck Wasser, fing sich wieder und versprach, bald wiederzukommen. Das freute mich, vor allem, weil Ferdi solch angenehme loyale Verwandtschaft besaß.

Bevor der Gestank sich zu sehr ausbreitete und von draußen in meine vier Wände drang, besuchte mich Elias wieder, da war der Schnee längst geschmolzen und die Vögel hüften auf meiner Terrasse.

„Ich schäme mich, Elias, weiß Gott, woher dieser strenge Wind weht."

„Daher, Friederike", sagte er und überreichte mir Ferdis angelaufenen Goldring. „Keine Sorge, das Problem wird sich bald von selbst auflösen. Das verspreche ich dir hoch und heilig."

Ich war sprachlos. Auch, als er wenige Minuten später mit einem Müllsack voll Spülmaschinentabs zurückkehrte. Die Tabs in die Regentonne schüttete, den Deckel fest verschloss. Aber wem anders, als einem Pfarrer konnte man in der heutigen Zeit noch vertrauen? Ich wurde andächtig und schenkte ihm Glauben.

Soeben hat die Dame mit der schönen Stimme die Geschichte zu Ende gelesen:

... lieber Elias und deswegen hat dein Onkel Fritz seinen Zwillingsbruder Ferdinand – meinen linksgescheitelten Ehemann, erschlagen und ihn auf dem Friedhof vergraben. Fritz hat Ferdinand gehasst, immer. Nach dem Mord hat er als Ferdinand weitergelebt, sich dessen Modegeschäft unter den Nagel gerissen und in den Ruin getrieben. Am Ende war er mittellos, jemand sah ihn vor einiger Zeit in einem braunen Ohrensessel unter einer Brücke sitzend. Der Mord an Ferdi wurde nie aufgeklärt. Fritz hat mir gedroht mich auch umzubringen, wenn ich aussage. Ich habe Fritz nie wieder gesehen. Das Einzige, was ich mir von Dir wünsche, ist Gerechtigkeit, egal wann.
Deine Tante Magda.

Als ob ich es geahnt hätte.

Friedhofsgemüse

Lieber Leopold, du warst die reifste Frucht,
verfault gehst du jetzt zurück in die Erde,
bleibst knackig in meinen Gedanken,
dass ich dich niemals vergessen werde.

Ich ernte nun auf deinem letzten Stück Feld,
bin Sammlerin auf dem Gottesacker,
und du – meine Kartoffelnase, für immer mein größter Held,
schimpf bloß nicht mit mir – alter Knacker.

Obst und Gemüse bleiben auf ewig unser beider Fleisch,
mein praller Kirschmund für dich zum Frühstück,
dein herrlicher Rübstiel am Abend, er beschenkte mich reich,
Danke für ein wundervoll vitaminreiches Leben, mit so viel
Glück.
Ruhe in Frieden.

Der Tag damals Anfang März, hätte ein weiterer eintöniger Tag in seinem Leben werden können, aber so war es nicht. Nicht, nachdem ihm der Wind diese Worte über die Gräber entgegen geweht hatte.

Stahl saß auf einer Bank, auf der Anhöhe, vor der Altstadt von Hückeswagen, auf dem Friedhof. Am Kamp oder Kämpchen, wie die Hückeswagener den Ort ihrer letzten Ruhestätte nannten. Kämpchen, wie das klang, als an gerne dort hinginge – wohl kaum, dachte er.

Aber was blieb ihm anderes übrig, nachdem Ella seit 9 Monaten und 4 Tagen in Reihe 42a lag.

Hätte Ella neben ihm gesessen, hätte er sie fragen können, ob er alles richtig verstanden hatte, was die Frau in Schwarz, deren Frisur wie lila Zuckerwatte aussah, bei der Beerdigung oberhalb Reihe 42a, geredet hatte. Seine Ella hatte immer alles verstanden. Und sie hatte ihn verstanden. Und er sie, meistens jedenfalls.

Richtig schwerhörig war er ja gar nicht, obwohl er seit Jahren dieses Hörgerät besaß, ein *Schubladengerät*. Er trug es nie, es war viel zu laut. Was brachte es, wenn er das Gleiten einer Fahrradkette oder das Gespräch von Passanten auf der anderen Straßenseite hören konnte, nichts. Aber, die Sätze der Frau mit den komischen Haaren, die hätte er schon gern besser verstanden.

Hatte sie Worte wie verfault, Kartoffelnase, geiler Kirschmund und alter Knacker gesagt?

Dann war es wieder still um ihn geworden. Und obwohl die Trauernden um die Lilafarbene sich fast aufgelöst hatten, schwebten ihre Worte immer noch, wie eine Leuchtreklame, über dem Friedhofsboden und machten die herrliche Frühlingsluft kaputt.

Stahl spürte, wie er sich ärgerte. Über alles, die Lilafarbene, sich, sein Leben und sogar ein bisschen über Ella. Er wünschte, er könnte die Zeit zurückdrehen. Könnte er, hätte er Ellas Drängen nachgegeben, wäre mit ihr zum Hörakustiker gegangen, hätte sein Hörgerät einstellen lassen. Stattdessen war er damals laut geworden und hatte behauptet, wenn ihre Augen nur halb so gut sehen könnten, wie seine Ohren hören, dann täte sie nicht täglich alles Mögliche verschütten, und die Bügelfalten in seinen Hosen säßen an der richtigen Stelle. Es war ihr letzter Streit und kurz danach, hatte er sich – zum Glück, entschuldigt. Eine Woche später lag Ella kalt neben ihm. Ihre Augen für immer geschlossen. Der Schock saß tief.

Inzwischen war er umgezogen, hatte das Einfamilienhaus verkauft und wohnte in der Goethestraße in einem Mehr-Generationen-Haus. Das Hörgerät war mit ihm umgezogen, blieb in der Schublade. Und die Goethestraße, das war auch Ellas Idee gewesen, vielleicht sogar ihr letzter Wunsch. Ihr hatten die vielen kleinen Wohneinheiten, das Miteinander und die Vorstellung gegenseitiger Unterstützung so gut gefallen, dass sie gleich nach dem ersten Besichtigungstermin, am liebsten sofort mit ihm dort eingezogen wäre.

„Ich brauche Menschen um mich, mit denen ich reden kann, nicht viele Quadratmeter, voll mit alten Möbelstücken – alt bin ich selber", hatte sie gesagt und versucht, ihn zu überzeugen.

Natürlich war er stur geblieben. Sein Haus verlassen, in dem er jede Nische und Ecke wie seine Westentasche kannte, das ging nicht. Jedenfalls bis dahin nicht. Aber, nachdem er ein paar Tage allein durch das Haus gestreift war, Ella allgegenwärtig schien und doch nicht bei ihm, ging es doch. Und im Nachhinein musste er zugeben, Ella hatte recht gehabt.

Die Goethestraße war eine gute Wahl, er bereute den Umzug nicht. Alles war geregelt und er, dank Essensangebot und Haushaltshilfe, gut versorgt. Das wichtigste aber war, er hatte Menschen um sich, im offenen Café, im Gemeinschaftraum, oder man kochte zusammen. Und trotzdem fühlte sich sein Leben oft trist an.

Stahl beobachtete, wie ein paar Friedhofsbesucher durch die Gräberreihen schoben, dann fiel ihm wieder sein Hörgerät ein. Na und, was soll das, dachte er, in meinem Alter muss man nicht mehr alles verstehen. Eigentlich tat die Ruhe sogar gut. Auch wenn die Gesichter der Stiefmütterchen auf Ellas Grab, ihn aus tausend schwarzen Augen, wie eine Armee Mexikaner mit Schnauzbärten anschauten, sie sagten nichts. Stahl fuhr sich mit der Hand durch die immer noch dichten grau melierten Haare. Viel lieber wäre mir nur ein einziges Augenpaar, eines ohne Schnurrbart, dachte er und kratzte sich am Kinn.

Stahl war kein einfacher Zeitgenosse, schon gar nicht, nachdem er vor Jahren die Uniform des Bundeswehr Majors abgelegt hatte. Das Leben außer Dienst, umgeben von lauter Zivilen, bereitete ihm Schwierigkeiten. Sogar jetzt, allein auf der Friedhofsbank, war er unsicher und wusste nicht, sich zu verhalten. Täglich saß er mehrere Stunden auf seinem Posten und bewegte den Kopf wie ein Radargerät hin und her. Aber das brachte ihm Ella auch nicht wieder. Diese Taktik passte nicht zum Terrain und wahrscheinlich musste er andere Geschütze auffahren, wie die anderen Zivilen.

Die meisten Hinterbliebenen machten es ihm vor seinen Augen vor. Sie weinten ein paar Tränen oder machten bedächtige Mienen am Fuße irgendeiner Grabstätte, dann verschwanden sie auf nimmer wiedersehen – sie grüßten nicht einmal. Kaum jemand blieb länger als nötig. Und bevor sie den Friedhof verließen, legten sie meist etwas üppig blühendes Buntes aufs Grab, von Rosa, Gelb, Weiß und Pink, war alles vertreten – als sei da noch was zu retten.

Retten kann man sich nur selber, dachte Stahl, und schaute auf sein Smartphone, dass ihm einer aus der Goethestraße, einer von den Studenten, besorgt hatte. Der hatte ihm auch erklärt, was mit dem Ding möglich war. Und unter dessen Anleitung hatte er die ersten Handy Fotos gemacht und war einer sogenannten WhatsApp-Gruppe beigetreten.

Ab und zu strich Stahl seitdem über das Gerät, wie die jungen Leute, nur um zu prüfen, ob neue Nachrichten die Runde machten. Nachrichten trafen regelmäßig ein. Lief die Übertragung eines Fußballspiels, verabredete man sich per WhatsApp zum Rudel-Gucken irgendwo im Haus – das war nicht das Schlechteste, dennoch, ein richtiges Hobby fehlte ihm. Und leider fiel ihm in den vielen Stunden, die er mit sich allein verbrachte, auch keines ein. Also widmete er sich seinem Spähposten am Kämpchen, dort, wo die Lilafarbene ebenfalls verdächtig oft, aufmarschierte.

Im Gegensatz zu ihm bewegte sie sich flink wie ein lilafarbenes Wiesel durch die Reihen. Bückte sich, wühlte in der Erde, zupfte verwelkte Blätter ab und hantierte mit einer Pflanzenschere. Das tat sie nicht nur am Grab, an dem sie vor Tagen diese peinliche Rede gehalten hatte, sondern gärtnerte sich kreuz und quer durch die Linien. Stundenlang jätete sie, operierte Löwenzahn mit Stumpf und Stiel heraus, nur, um an der nächsten Grabstätte weiterzumachen. Dabei rollte sie ihr Wägelchen durch die Grabreihen.

Unmöglich, dass sie all die Menschen, die dort vergraben lagen, überlebt hatte, niemand hatte ein Bataillon an Hinterbliebenen, dachte er.

Und einmal glaubte er, sie habe ihm gewunken. Er hatte sie ignoriert. Wer weiß, was die treibt, hatte er sich gefragt. Nur eine Frage der Zeit, bis sie sich Ellas Grab vornahm – notfalls wollte er das Grab seiner Frau verteidigen.

Stahl verließ seinen Posten und patrouillierte ein paar Schritte. Er beäugte den lila Punkt, der trotz der bunten Friedhofsgewächse alles andere überragte und sich Ellas Grab verdächtig näherte. Als die Lilafarbene ihm den Rücken zuwandte, machte er unauffällig ein paar Handy-Fotos. Man weiß ja nie, dachte er.

Viel zu schnell hob sie ihren Kopf und schaute ihm ins verdatterte Gesicht. Sie lächelte, er nicht. Weil er sich ertappt fühlte, tat er, als wollte er die Blaumeise ablichten, die sich seit Tagen auf einem der Grabsteine niederließ. Die raffinierte Lilafarbene arbeitete unbekümmert weiter.

Eine Weile bewunderte er, wie sie geschickt einen Buchsbaum kunstvoll in Herzform zurechtstutzte, bevor er zurück auf seine Bank ging. Nachdem sie mit ihrem Wägelchen vom Friedhof gerollt war, inspizierte er noch einmal die Grabreihen. Die Gräber waren tadellos. Nichts Verblühtes, kein Laub, sogar die Erde aufgelockert. Er war beeindruckt, von der sauberen akkuraten Schönheit, die sie hinterlassen hatte. Er machte ein paar zusätzliche Aufnahmen. Dennoch, diese Frau war ihm nicht geheuer. – Alles nur Tarnung, dachte er.

Und auf dem Nachhauseweg fühlte er sich an die Zeiten des *Kalten Krieges* erinnert, als er noch gedient hatte. Die Bedrohung auf dem Friedhof war allgegenwärtig und die Abschreckung mittels Handy, Schaufel und Buchsbaumschere ähnelte beinahe einem Wettrüsten. Eine Frage der Zeit, bis sie und er in einen heißen Krieg zogen. Er jedenfalls war gerüstet, dachte er und prüfte den Akkustand des Handys.

Als Stahl Zuhause dem ehemaligen Orchestermusiker, mit dem er Tür an Tür wohnte, seine Friedhof-Fotos auf dem Display zeigte, lobte der ihn.

Sagte der doch glatt: „Stahl, an dir ist ein echter Fotograf verloren gegangen."

Woraufhin er sich einen Augenblick lang gefühlt hatte, als habe er sein Leben verplempert. Andererseits hatte sich derselbe Musiker kurz vorher persönlich bei ihm über seinen viel zu lauten Fernseher beschwert. Stahl fand die Lautstärke normal. Musiker haben eben ein empfindliches Gehör. Anlässlich des Kompliments hatte er das dem Musiker quasi noch einmal durch die Blume, gesagt.

Es war der 20. April, ein warmer Sonnentag, als Stahl mit hochgekrempelten Jeanshosen und Unterschenkeln, an denen sich Krampfadern wie Regenwürmer hochzogen, angewurzelt auf seinem Beobachtungsposten saß.

In vorderster Front, die Lilafarbene. Sie ließ mehrere Kartoffelknollen, rechts neben den Stiefmütterchen auf Ellas Grab – da wo später einmal sein Platz sein sollte, in der Erde verschwinden. Hatte sich rausgeputzt. Trug diese giftgrüne Gärtnerschürze. Den Mund kirschrot geschminkt. Stahl glotzte sie stumm an.

Sie lächelte. „Hallo! Wissen sie, ich möchte niemals an einem Grab weinen, allerhöchstens bedächtig sein und ernten", sagte sie, streckte ihm ihre Brüste entgegen – bestimmt damit er besser lesen konnte, was auf ihrem Schürzenlatz stand: *Im Garten wächst mehr, als man ausgesät hat.*

„Ist das Grab von ihrer Frau?"

Er nickte, rührte sich nicht.

„Ich hoffe, es macht ihnen nichts aus, aber heute ist praktisch der letzte Tag für die Kartoffeln, die soll man nämlich spätestens bis *Führersgeburtstag* gepflanzt haben. Der Führer ist mir wurscht, aber so kann ich mir den Saattermin besser merken, wissen sie."

„Wie bitte?" Fragte Stahl und kratzte sich am Kopf, weil er nur Bruchstücke verstanden hatte.

Anstatt ihm zu antworten, wischte sie sich die Hände an der Schürze ab, trabte auf ihr Wägelchen zu. Stahl observierte sie, während sie Thermoskanne und Butterbrotdose aus dem Wägelchen fischte.

„Darf ich mich zu ihnen setzen?"
Demonstrativ rückte er ein Stück zur Seite, so konnte er sie besser verstehen. Auf der Thermoskanne spiegelte sich der Mund der Lilafarbenen wie eine reife, nicht mehr ganz feste, Paprika.

„Mit 98 höre ich auf und suche mir ein anderes Hobby, versprochen. Wer weiß, ob ich nicht Topfpflanzen auf der Fensterbank im Altenheim züchte, wenn gar nichts mehr geht." Sie lachte, goss sich einen Becher Kaffee ein, zitterte nicht einmal. „Ich hoffe, es stört sie nicht, was ich da mache? Aber sie hätten ja auch was sagen können, wenn es sie denn stört."

„Was sagen? Was denn? Das ist Ellas Grab. Sie pflanzen Kartoffeln auf dem Grab meiner Frau – das geht doch nicht!"

„Ja, ja. Schon gut, schon gut, ich weiß! Und ich weiß auch, dass sie mir, seit mein Leo hier liegt, jeden Tag hinterherspionieren. Das geht auch nicht! Oder sind sie ein Spion?" Sie lachte. – „Nein? Ah, jetzt weiß ich, sie sind ein *Stalker*, oder wie man das nennt! Ich meine, sie wissen genau, was ich mache. Säen und ernten, was man essen kann. Mehr nicht! Und sie haben mich fotografiert. Stimmt doch? Oder wollen sie einen Bildband über mich rausbringen? Nur über meine Leiche." Sie lachte und strich ihre Schürze glatt.

Stahl schwieg, wich ihrem Blick aus. Wie ausgestopft saßen sie nebeneinander, schauten über die Grabreihen, als würden sie nur darauf warten, dass endlich der Vorhang für sie aufgeht. Ein Stückchen weiter, oberhalb Reihe 42 wurde jemand zu Grabe geschoben.

Sie stupste ihn an. „Da, hören sie das?"

Stahl schüttelte den Kopf, sah sie an. „Ich hör nix?"

„Nein – komisch?" Sie deutete in Richtung der Trauernden. „Da, dieser Wagen, auf dem der Sarg transportiert wird, der quietscht entsetzlich laut. Das Ding hat mal eine Ölung nötig. Dass da niemand etwas unternimmt! Aber wen interessiert das schon? Solange sich keiner beschwert."

Er zuckte mit den Schultern. „Ich hab nichts gehört."

„Seien sie froh – oder na ja, wie man es nimmt. Aber peinlich so etwas, finden sie nicht?"

Stahl nickte. „Und ob. Sicherlich hat die Instandhaltung gepennt! Hätte es bei uns nicht gegeben. Bei der Bundeswehr, meine ich."

„Sag ich doch", erwiderte sie und hielt ihm ihre Hand mit den Trauerrädern unter den Fingernägeln entgegen. „Marta – Marta ohne H."

„Stahl, Helmut Stahl – mit H", sagte er und griff zu.

„Haben sie eigentlich kein anderes Hobby, als Gemüse auf fremden Gräbern anzubauen, Marta ohne H?"

„Wissen sie Helmut, ich kann einfach nicht anders. Man muss ja nicht unbedingt einen eigenen Garten haben, Balkonkästen täten es auch, aber bei uns im Hochhaus sind nur Blumen in Vasen und Topfpflanzen erlaubt. Balkonkästen gibt es nicht, hat die Hausverwaltung verboten.

Als mein Mann noch lebte, Leo war Gemüsehändler, hatten wir einen Schrebergarten. Kurz nachdem die D-Mark verschwunden ist, mussten wir den aufgeben. Da wo früher unser Gemüse wuchs, wohnt man heute in Energiesparhäusern."

„Ach so, verstehe."

„Und was ich noch sagen wollte, Helmut, den meisten Hingeschiedenen macht es nichts aus. Die sind froh, wenn ich mich um ihre Anwesen kümmere, kommt ja sonst niemand, nicht einmal der Gärtner."

„Hören sie Marta, nicht das Ella oder ich etwas dagegen hätten, aber ich habe einen Gärtner für die Grabpflege beauftragt, der wird bezahlt."

„Ja, ja, ich weiß", sagte sie nachdenklich.

„Und warum pflanzen sie dann Kartoffeln auf Ellas Grab, wenn der Gärtner kommt und sie wieder ausgräbt?"

„Wie sollte ich denn bitteschön sonst mit ihnen ins Gespräch kommen?", zwinkerte sie ihm zu, „außerdem achte ich darauf, welche Gräber geeignet sind. Nur die in Vergessenheit geratenen. Und natürlich Leos Grab."

„Sie wissen schon, dass sie etwas Verbotenes tun. Ein Friedhof ist kein Schrebergarten, Marta!"

„Kann schon sein, ist eben ein verbotenes Hobby. Sollen sie mich doch einsperren. Aber die Tomaten auf Leos Grab, die lass ich mir nicht nehmen. Sie stehen für die schöne Zeit, die wir hatten. Alles Andenken und Trauerarbeit. Jeder Mensch trauert anders, Helmut."

Sie hat recht, dachte er. Und in diesem Moment spürte er die Wärme, die von ihr ausging. Es fühlte sich gut an, jemanden an seiner Seite zu haben.

„Aber so mein ich das doch gar nicht, Marta. Und eigentlich habe ich auch nichts gegen die Kartoffeln auf meiner Seite."

„Ach sie haben schon für sich reserviert?"

Stahl nickte kurz.

„Und bedeutet das, sie werden mich nicht verraten, Helmut?"

„Darauf gebe ich ihnen mein Wort, Marta, das Wort eines Majors."

„Gut. Dann sollen sie auch etwas von der Ernte abbekommen." Sie deutete mit dem Kinn nach links. „Da hinten sprießen bald die Erdbeeren. Machen sich gut, bei den Müllers. Für einen Erdbeerkuchen wird es demnächst reichen. Was meinen sie, Helmut?"

Stahl grinste. „Wenn sie einen backen, Marta."

„Und die Zucchini entwickeln sich auch prächtig, da hinten, bei Herrmanns, Doppelgrab, Reihe 56. Inge und Heinz, die hatten schon seit Jahren keinen Besuch. Voller Wegerich und Löwenzahn. Viel Arbeit, aber das wird schon. Sehen wir uns morgen wieder, Helmut?"

Ihre Augen strahlten. Schöne Augen hat sie ja, dachte Stahl, erinnern mich an grüne Glasmurmeln, solche, mit denen ich geklickert habe, lange her.

Marta wartete auf keine Antwort. Sie redete munter drauflos, über Katzenminze, Bornholm-Margeriten, robuste Zwergrosen und die perfekte Ausrichtung eines Grabes.

„Lage, Lage, Lage", hörte er.

Die Butterbrotdose stand immer noch wie eine magische Barriere zwischen ihnen auf der Friedhofsbank. Auch wenn ihre Haarfarbe nicht unbedingt seinen Geschmack traf, Marta gefiel ihm.

„Marta, ich freue mich darauf, sie morgen wieder hier zu treffen", sagte er und schaute schnell runter auf die Butterbrotdose.

„Oh, sie haben Hunger? Warum sagen sie denn nichts? Hier, greifen sie zu, ich teile gern, Helmut.

„Danke", sagte er und biss in ein Leberwurstbrot.

Marta redete wie ein Wasserfall. Und auch, wenn er nicht alles verstand, konnte er sich doch endlich erklären, was es mit der seltsamen Trauerrede auf sich hatte. Wenn sie an der frischen Luft war und mit ihren Händen in der Erde grub, schrumpfte ihre Trauer auf Saatkorngröße zusammen, erzählte sie. Gärtnern, das war ihr und Leos großes Hobby gewesen, was sie auch nach dem Tod ihres Mannes nicht losließ.

„… und deswegen, logisch: Die ersten Menschen wurden aus einem Garten vertrieben, ist doch völlig natürlich, dass wir uns danach sehnen." Sagte sie, als sie sich in der Abenddämmerung mit Handschlag verabschiedeten.

Die nächsten Tage und Wochen vergingen. Sie trafen sich täglich. Stahl half Marta, schaffte kannenweise Wasser aus dem Friedhofsbrunnen ran oder griff selbst zum Spaten. An anderen Tagen sahen sie einfach den Pflanzen beim Wachsen zu. Nie beklagte er sich über aufgescheuerte Knie, einen Dorn im Finger oder das Ziehen im Rücken.

Die Zeit mit Marta, zeigte ihm gerade dann, wenn ihm das Leben mal wieder unübersichtlich und sinnlos vorkam, dass man etwas bewirken konnte. Und Marta war fest davon überzeugt, dank seiner Hilfe würde in dieser Saison alles gelingen. Sie war glücklich und er war es auch. Er hatte ein neues Hobby entdeckt, vielleicht. Auch wenn sie nicht viel sprachen, wenig voneinander wussten, oder er nicht alles verstand, waren es doch die gemeinsamen Momente, wenn sie durch die Grabreihen flanierten und ihr Tageswerk begutachteten.

„Hier Helmut, schauen sie mal", sie bückte sich, strich zärtlich über das Gemüse, „eine Zucchini, die wird im Laufe ihres Lebens nicht hübscher – anders als wir", lachte sie ihn an, „und die hier, die hat schon die Blüte abgeworfen, jetzt sammelt sie nur noch Wasser, wird dick und fad – wir sollten sie ernten, genau wie die Roma-Tomaten auf Leos Grab. Die sind reif, überreif. Nehmen sie ruhig ein paar mit, sie schmecken fantastisch!"

Er nickte, zückte sein Handy und machte ein Foto von ihr, wie sie ihm stolz die Zucchini präsentierte. Inzwischen hatte er eine beachtliche Fotosammlung von Marta, den Blumen und dem anderen Gemüse.

„Sie sehen sehr hübsch aus, Marta."

„Danke für das Kompliment, Helmut. Lassen sie uns ein paar Erdbeeren pflücken, ich möchte Kuchen für uns backen. Sie wissen schon, der versprochene Erdbeerkuchen. Morgen ist es soweit."

Auf Stahls Gesicht breitete sich ein Lächeln aus. „Es ist schön, sie zu kennen, Marta. Wie immer – morgen um die gleiche Zeit am selben Ort."

Wie verabredet, wartete er auf der Bank, hatte sogar die Sprühsahne mitgebracht, die sie sich für den Kuchen gewünscht hatte. Alles war vorbereitet, nur sie fehlte.

Es wurde Mittag, es wurde Abend. Nirgendwo der lila Punkt. Immer wieder schaute er über die Gräber, sah in alle Richtungen. Nichts. Marta war wie vom Erdboden verschluckt. Mehrmals setzte ein Platzregen ein, es war ihm egal, er hielt die Stellung. Und bevor er sich auf den Nachhauseweg machte, ging er ein letztes Mal den Friedhof ab, kontrollierte jede Stelle. Nichts.

Sein Gedankenkarussell drehte sich bei jedem Schritt. Hatte sie ihn versetzt? War der Kuchen missraten? Hatte er etwas falsch verstanden? Er schnaufte, unter der Nässe seiner Kleidung. An diesem Tag kam ihm der Weg schwer und lang vor. Ohne zu grüßen, trottete er im Hausflur an den Nachbarn vorbei.

„Was ist denn mit dir passiert?", fragte ihn jemand. Aber Stahl hörte nicht oder wollte nicht hören.

Die nächsten Tage, verbrachte er wie gewohnt auf dem Friedhof. Verfolgte die Bestattungen, sah zu, wie der Gärtner die Gräber harkte, Blumen pflanzte, und all das tat, was Marta immer gemacht hatte.

Aber eigentlich schaute er gar nicht zu, sondern malte sich in seiner Fantasie die allerschlimmsten Dinge aus. War Marta im Krankenhaus? War sie im Gefängnis gelandet?

In der zweiten Woche nach ihrem Verschwinden hielt er es nicht mehr aus, und fuhr die umliegenden Krankenhäuser mit dem Linienbus ab. Während der Fahrten schaute er aus dem Fenster, sah die Hochhäuser und hoffte zufällig einen lila Punkt ausfindig zu machen. Dabei kam es ihm vor, als bestünde halb Hückeswagen aus Hochhäusern ohne Blumenkästen.

Und an jeder Krankenhauspforte war er auf das Schlimmste gefasst. Jedes Mal merkte er, wie leicht es ihm fiel, Marta zu beschreiben, war sie doch eine sehr besondere Person. Und einmal, als er auf der Straße jemanden von hinten, mit lila Haaren wie Zuckerwatte, in einem Rollstuhl sitzend, entdeckte, lief er auf den Rollstuhl zu und hielt den fest. Die Frau im Rollstuhl reagierte böse, drohte sogar mit der Polizei. Marta hätte das niemals getan. Kurz danach wandte er sich selber an die Polizei. Die nahm nicht einmal eine Vermisstenanzeige auf. Wie auch, ohne Namen? Hätte Marta doch bloß einen Grabstein für Leo besorgt, dann wüsste ich jetzt, nach wem ich suchen muss, dachte er.

Es war die dunkelste Stunde, die Stunde vor der Morgendämmerung, in der er schweißgebadet aufwachte. Etwas musste geschehen, so sollte es nicht weitergehen.

Und weil er keinen Schlachtplan hatte, schrieb er eine Nachricht in die WhatsApp-Gruppe der Goethestraße.

Aktion Marta!!! – Liebe Mitbewohner, ich brauche Eure Hilfe! Morgen 17.00 Uhr in der Gemeinschaftsküche.

Fast alle versammelten sich. Laut, aber mit zitternder Stimme, erklärte Stahl sein Anliegen. Auf dem Handy zeigte er allen Anwesenden Martas Bilder. Er war froh über die Unterstützung, auch wenn ihn die Idee einer Suchanzeige bei Facebook gar nicht überzeugte.

Die Goethestraße entpuppte sich als viel mehr, als nur eine Gemeinschaft mit gleicher Adresse von Jung und Alt. Und am Ende war es der Vorschlag des Musikers, der ihn hoffen ließ: Eine Suchanzeige mit Martas Foto, am Schwarzen-Brett des Supermarktes, auf dem Etapler Platz. – Hatte Marta nicht erzählt, dass sie dort einkaufte? Vielleicht entdeckte sie sich plötzlich selbst, dort, am Schwarzen-Brett, zwischen all den anderen Anzeigen der Hückeswagener. – Was hab ich schon zu verlieren, dachte er. Wenn ich nicht will, dann höre ich nicht einmal das dumme Geschwätz um mich herum.

Stahl formulierte einen Text:

Wer kennt diese Frau? Sie lebt in einem Hochhaus, in dem Blumenkästen verboten sind. Hinweise bitte unter folgender Rufnummer ...

Stahls Nachbar druckte die Suchanzeige mit einem Farbfoto von Marta darunter – das mit den Zucchini, aus.

Es vergingen keine drei Tage, bis Stahl der entscheidende Hinweis erreichte, eine Kurznachricht. So kurz, dass der Schreiber nur eine Telefonnummer hinterließ, und mitteilte, er sei Martas Nachbar.

Es dauerte, bis Stahl im fünften Stock angekommen war und Marta ihm die Türe öffnete. Beinahe hätte er angefangen, sich von Neuem zu sorgen.

„Guten Tag Helmut, schön dass sie mich besuchen, bitte treten sie ein."

Als sei sein Besuch das Normalste der Welt und nichts weiter geschehen. Stahl musste sich zusammenreißen.

„Marta! Endlich, endlich habe ich sie gefunden! Und es geht ihnen gut, oder nicht?"

Sie legte ihren Kopf schief, schaute zu Boden.

„Oh! Ich verstehe, was ist passiert, Marta, reden wir über alles. Warum sind sie nicht zu unserem Rendezvous erschienen?"

„Kommen sie rein, Helmut, und setzten sie sich."

Stahl nickte. Von der Eingangstür bis zum Sofa waren es nur wenige Schritte. Stahl konnte sich nicht daran erinnern, jemals eine kleinere Wohnung gesehen zu haben.

Traurig schaute Marta ihn an, rückte nah auf dem Sofa an ihn heran, dass er ihre Wärme an seinem Ohr spürte.

„Es war der Gärtner, Helmut, er hat mich erwischt", sagte sie ihm ins Ohr. „Und wenn er mich noch einmal auf dem Friedhof sieht, kann ich mir meine Radieschen, von unten ansehen. Das hat er gesagt, Helmut, – und unseren Erdbeerkuchen, den hat er aufgegessen."

Stahl schloss Marta in die Arme, ließ sofort wieder los. Verlegen schaute er sich in der Wohnung um. Wie in einem Gewächshaus sah es bei ihr aus. Überall Pflanzen und Pflänzchen, vorgezogen in Blumentöpfen, Eierkartons, Kaffeetassen und allerhand anderem Zeugs. Und auch die Kochnische war voll mit Tomatenranken und verschiedensten Kräutern.

„Marta, wir backen einen neuen Kuchen. Zusammen, bei mir zu Hause, in der Goethestraße, dort wo ich wohne. Einverstanden?"

Sie nickte, küsste ihn auf die Wange.

„Und den Rest bekommen wir auch noch hin. Wir können doch unmöglich Leos Tomatenpflanzen verfaulen lassen, Marta!"

Sie lächelte verlegen, drehte sich um, zum Myrtenbäumchen auf der schmalen Fensterbank und zupfte ein paar welke Blätter ab.

„Und sie müssen mir einen Gefallen tun, Marta."

„Was für einen Gefallen, Helmut?"

„Bitte geh mit mir zum Hörakustiker, Marta. Mein Hörgerät funktioniert nicht und ich möchte doch alles verstehen. – Ich will dich verstehen, Marta."

„Ja, ich weiß Helmut. Das geht in Ordnung. Versprochen. Magst du jetzt mit mir ein Leberwurstbrot essen?"

In der letzten Ausgabe des *Bergischen Anzeigers* war Folgendes zu lesen:

Das erste gemeinsame Projekt der Goethestraße läuft erfolgreicher an, als man zunächst gedacht hatte. Hier hat man sich auf die Fahne geschrieben, künftig noch mehr miteinander zu leben und zu erleben.

*„Wir gehören noch lange nicht auf den Kompost", sagen die Initiatorin des Projekts „**Säe in Frieden**", Marta Müller und Helmut Stahl.*

„Als ich Ende letzten Jahres hier eingezogen bin", erklärt die 85-jährige Marta, „da war hier noch gar nix mit Garten. Alles, was sie hier sehen, haben wir alle zusammen auf die Beine gestellt. Der Helmut hat mich hier hergeschleppt. Meine alte Wohnung habe ich aufgegeben, da waren nicht einmal Blumenkästen erlaubt."

Wir, das sind die 30 Bewohner der Goethestraße, die so vielfältig sind, wie das Obst und Gemüse, dass in dem neu entstandenen Schrebergarten hinter dem Haus wächst und gedeiht.

„Wer weiß, eventuell können wir eines Tages auf dem Wochenmarkt verkaufen", sagt Marta Müller stolz. Der Ursprungsgedanke des Hauses in der Goethestraße bestand darin, unterschiedlichen Menschen ein kompetenter und verlässlicher Partner für jedes Lebensalter und in allen Lebenslagen zu sein. Von Anfang an wurde mehr als nur ein nachbarschaftliches Miteinander von Jung und Alt unter einem Dach geschaffen. Während sich einige der Senioren als Babysitter betätigen und Eltern oder Alleinerziehende unterstützen, profitieren die Alten von den Jungen auf ihre Art.

Sei es das Erlernen des Umgangs mit dem PC, das Erklären eines Handys, die Einweisung auf einer Spielkonsole oder der nächste Einkauf im Supermarkt.

„Auch wenn jeder Bewohner seine eigenen vier Wände hat, wird man doch aktiv einbezogen und fühlt sich als Teil der Hausgemeinschaft."

Berichtet uns die 20-jährige Studentin Anja. „Manchmal kommt es mir vor, als seien Marta und Helmut meine Großeltern. Ich mag es gern, wenn wir zusammen kochen. Man kann echt eine Menge von den Seniors lernen und schmecken tut das Essen auch. Ich fühl mich hier pudelwohl und finde unser Projekt großartig. Davon sollte es noch viel mehr geben – lieber gemeinsam als einsam, das gilt doch für uns alle, oder nicht?"

Der Schläfer

Neulich erzählte mir jemand eine Geschichte und ich weiß nicht, ob es nur eine Geschichte war. Die Geschichte handelte von Farid Aiman, der Nachtwächter war und nicht schlafen konnte ...

Farid hatte das Tropenhaus des Kölner Schokoladenmuseums mit den Kakaobäumen hinter sich gelassen. Der tägliche Routinerundgang, kurz nach Mitternacht, im Taschenlampenlicht, führte ihn weiter in den Produktionsbereich. Der Bereich, in dem er die nächsten Stunden, solange bis die Frauen der Putzkolonne eintrudelten, verbrachte.

Wie jeden Tag hatte Farid sein Soll zu erfüllen. Zwar hatten *die*, ihm keine Zahl genannt, aber es müssten so viele wie möglich sein – je mehr, desto besser, hatten sie gesagt. Denn auch wenn das Kalifat längst ausgerufen war, waren sie immer noch nicht von den Ungläubigen befreit.

Farid schaffte 50 Figuren täglich. Das entsprach exakt einer Menge von 5 Kilogramm Schokoladenmasse. Feinste Schokolade, verarbeitet zu Hohlkörpern in Hasenform, gewickelt in Goldfolie. Viel mehr gab eine Nachtschicht an der kleinen Museumsproduktionsmaschine nicht her, worüber Farid auf seine Weise froh war.

Aber je näher der Tag rückte, umso mehr sträubte er sich, die Maschine weiter zu bedienen. Jeder Handgriff für sich, schürte Angst und Zweifel, aber das schlimmste war, die Gedanken zu Ende zu denken.

Das himmlische Projekt ist eine Farce, dachte er. Ja, inzwischen glaubte er, dass am Ende alles in einem riesengroßen Knall verpuffte. Mehr war da nicht!

Hauptsächlich studierte Farid Maschinenbau an der Universität zu Kölner, sechstes Semester. Noch gut zwei Jahre, dann war er fertig mit dem Studium. Er hätte ein schönes Leben führen können, wenn es nicht diese Begegnung gegeben hätte. Ein Aufeinandertreffen, das er lange verdrängt hatte und von dem er gehofft hatte, es würde niemals stattfinden. Aber wie konnte er nur so dumm sein, irgendwann wurde jeder Schläfer geweckt!

Es war Ende letzten Sommers, da war der Bärtige auf ihn zugekommen und hatte ihm das Signal zum Kampf gegeben. Ihn angewiesen, was zu tun sei. Seitdem hatte Farid mehr als 1.400 böse Hohlfiguren produziert.

Und in dieser Woche war es soweit, in Deutschland und beinahe überall auf der Welt, feierte man Ostern. Ostermontag sollte der Tag seiner Erleuchtung sein, die Stunden waren gezählt, und weil das so war, schlief Farid kaum noch.

Zuerst waren es 80 Gramm schwere Nikoläuse, später kam der Kölner Dom mit stolzen 300 Gramm pro Stück dazu. Und jetzt, die 100 Gramm schweren Schokohäschen, die er nach jeder Nachtschicht aus dem Museum schleppte. Seine Produktlinie lud er bei Schichtende in einen Einkaufstrolley und zog den hinter sich her nach Hause. Niemand schöpfte Verdacht.

Farids Chef hielt große Stücke auf ihn, vertraute ihm. Die Kollegen mochten ihn, trauten ihm eine Menge zu – nur Gutes. Mehr als einmal hatte er Vielseitigkeit und Können unter Beweis gestellt.

Für Farid kein Problem, bei Personalengpässen eine Sonderschicht einzulegen, und die graue Uniform vom Sicherheitsdienst gegen das Kostüm des Sarotti Mohrs einzutauschen. Wenn nötig, bot er den Besuchern, verkleidet als Mohr, Waffeln mit Schokoladenüberzug, gereicht auf einem goldenen Tablett, an. Sein natürlicher dunkler Teint wirkte magisch auf die Museumsgäste, die Kinder waren begeistert.

Auch Farids Ruf als perfekter Tüftler, eilte ihm im Museum voraus. Der große Schokoladenbrunnen, die Museumsattraktion und das Sinnbild des Schlaraffenlandes überhaupt, funktionierte dank seiner filigranen Reparaturarbeit täglich einwandfrei. Farid achtete darauf, dass die flüssigwarme Schokolade stets gleichmäßig aus den Edelstahlfontänen in die Brunnenschale floss. Er reinigte, wenn nötig, die feinen Düsen, baute das ein oder andere Ersatzteil ein und machte sogar Verbesserungsvorschläge.

Wie jede Nacht schaute er sich in seiner Wachmannuniform wie ein einsamer Verräter um, bevor Farid den runden Hauptschalter der Anlage einmal nach rechts drehte.

Es dauerte, bis die Maschine auf Betriebstemperatur hochgefahren war. Solange breitete er die speziellen Zusätze für die braunen Hohlkörper aus, legte sie in Reihe und Glied auf einem schwarzen Tuch auf dem Boden vor der Abfüllungsstation ab.

Sobald die geschmackvollen Hasen-Figürchen auf dem Band aus der Maschine gelaufen waren, verpasste Farid ihnen den letzten Schliff. An einen Pfeiler gelehnt, wartete er, bis das erste Häschen eintrudelte.

Es dauerte, bis alle Zutaten zu einer homogenen Masse vermengt waren, die Prozesse des Walzens, Conchierens und Vorkristallisierens beendet, und die Schokomasse in die Hasenformen gefüllt war. Jeder frisch gegossene glänzende Hohlkörper, der die Maschine verließ, brachte Farid unweigerlich ein Stückchen näher dorthin, wo er nicht sein wollte – ins Paradies.

Trotzdem ihm der Gedanke an die siebzig Jungfrauen mit schwellenden Brüsten und dem Drumherum immer weniger behagte, hockte er sich auf den Boden, nahm einen der unscheinbaren Sprengsätze und drückte ihn routinemäßig zwischen die langen Hasenohren des noch warmen Hasenkörpers. Beim Biss in den Hasen, würde der Sprengsatz binnen 7 Sekunden explodieren. Bumm! Aus die Maus oder *Frohe Ostern*!

Der Hase sah nicht anders aus, sondern genauso appetitlich und harmlos, wie seine süßen Kollegen im Schoko-Shop, am Ende der Ausstellung des Museums. Farid wusste, er leistete gute saubere Arbeit.

Zu Hause angekommen, stellte er die Hasen neben den Kartons mit den Nikoläusen und Domfiguren ab. Die goldenen Artefakte stapelten sich inzwischen bis unter die Zimmerdecke seiner Wohnung.

Nur beim Gedanken, wie viele Menschen für diese Nascherei ihr Leben geben würden, musste Farid würgen. Er erbrach sich, nicht zum ersten Mal. Anstatt sich auf Gemächer voll heißblütiger Jungfrauen und seine ehrfürchtige Manneskraft gleich hundert Männern vorzubereiten, lief er auf die Toilette. Er kotzte Galle. Und während Farid den Kopf in die Kloschüssel hielt, verfluchte er sich selber und den Bärtigen. Warum bloß hatte er sich auf diese Mission eingelassen?

Der bärtige Mann hatte ihm in der Morgendämmerung aufgelauert, als er schläfrig von der Nachtschicht heimkehrte. Klanglos hatte der Mann zu ihm gesprochen.

„Allah sei mit dir, mein Sohn, der Himmel lächelt", hatte er geflüstert und ihm die schmierige Tasche in die Hand gedrückt.

Farid wusste, was darin verborgen war und dennoch hatte ihm der Anblick noch einmal vor Augen geführt, was für ein mieser Verräter und Feigling er selbst war. Als er den Reißverschluss aufzog, sah er den gelben Plastiksprengstoffgürtel, der ihm wie aus dem Rachen eines wilden Tieres, entgegen starrte und auf seinen Einsatz wartete.

Der Gürtel wog nur wenige Pfund und die anderen Anweisungen für den Tag der Erleuchtung, waren schwarz auf weiß, auf ein gefaltetes Papier in seiner Landessprache, geschrieben. Er sollte den Bart rasieren und den Kopf scheren als Zeichen des Märtyrers. Dann sollte er laut beten, religiöse Lieder singen und das Lächeln der Freude auf seinem Gesicht tragen.

Gar nichts von dem wollte er, nur schlafen, weil er unendlich müde war. Farid war ein Schläfer, der nicht schlafen konnte, ein schlechter Schläfer. Und viel zu müde, sich zu wehren, ein Feigling obendrein, was in seinen Augen noch viel schlimmer war.

Vor langer Zeit hatten die Männer mit Gewehren und Turban im Ausbildungslager ihm versucht weiszumachen, er sei ein Auserwählter. Geglaubt hatte er das nie. Und beim Landeanflug auf Köln war er totsicher, bereits im Paradies gelandet zu sein. Hier wollte er bleiben, am liebsten für immer. Sich nie mehr aus diesem irdischen Paradies vertreiben lassen. Aber seitdem umgaben ihn die Turbane und Bärte wie ein Netz. Ihn, die Nikoläuse, die Domfiguren und die Osterhasen. Der Bärtige wollte sie unter den Ungläubigen verteilen, dann, wenn Farid längst im Paradies in den Gärten der Wonne wandelte.

Farid begann hemmungslos zu weinen, über alles was war und im Voraus. Es fühlte sich an, wie ein Vorgeschmack, von dem, wenn es ihn in der Luft zerreißen würde, am Brunnen des Schokoladenmuseums in Köln, im Paradies auf Erden.

Anstatt sich auf seine Mission vorzubereiten, strich er über den Gürtel mit den gelben Plastikkapseln. Nein, er brauchte das gelbe Ticket zum Paradies genauso wenig wie den Koran, viel lieber las er den Kölner Stadtanzeiger, traf sich mit Menschen, die das Leben liebten.

Aber schon am nächsten Tag, Ostermontag, sollte es soweit sein. Fünfzehn Uhr mitteleuropäische Zeit, der Druck auf den kleinen weißen Schalter brachte ihn dorthin, wo Milch und Honig flossen – nein, er brachte den Tod, seinen und den der Museumsbesucher.

„Nein, ich bin kein Verräter, niemand soll wegen mir sterben! Ich will leben!" Schrie er laut.

Knapp zwei Stunden später waren alle Kartons und der Sprengstoffgürtel im Rhein entsorgt. Am Kiosk kaufte Farid zwei große Flaschen *Kleiner Feigling*. Dann fiel er das erste Mal seit Tagen in einen tiefen ruhigen Schlaf.

Ostermontag war der Besucheransturm am größten und Farid bediente als Sarotti Mohr am Schokoladenbrunnen. Beinahe jeder ließ sich eine Waffel mit Schokoladenüberzug von ihm reichen, und als alle Waffeln verteilt waren, kletterte Farid auf den Brunnenrand.

„Frohe Ostern", rief er in die Menge und ließ sich in den Schokoladenbrunnen fallen. Er planschte, strampelte und verteilte die Schokolade über die lachenden Besucher.

Als Farid aufwachte, trug er eine seltsame weiße Jacke, der Rest des Körpers war von brauner Schokolade überzogen. Und obwohl ihm das komisch vorkam, wusste er, er war dort, wo er sein wollte und nicht bei den Jungfrauen in dem Land in dem Milch und Honig fließen.

Doktor Ibrahim Al Zawahiri kommt täglich zweimal in Farids geschlossene Abteilung. Er bringt ihm Medikamente und Feigen oder Datteln aus Dschidda, Farids alter Heimatstadt. Einmal hat der Doktor ihm aus dem Koran vorgelesen. Farid schlief ein. Er war in Sicherheit. Ein Schläfer im Paradies auf Erden.

Wechseljahre – vom Wachsen und Wechseln

Als Frau Doktor Charlotte von Wurmlingen den schmal geschnittenen Rock in der Anprobe des Berliner Modehauses an ihrem Körper hochziehen wollte, geriet sie ungefähr auf der Mitte ins Stocken.

Etwas an ihr schien anders. Sie spürte es. Direkt unterhalb der Gürtellinie. Als habe sich ihr Inneres nach außen gewölbt. Charlotte betrachtete sich im Spiegel. Der Zwickel ihrer Feinstrumpfhose beulte sich.

„Was haben diese verdammten Wechseljahre bloß aus mir gemacht", dachte sie.

Im gleichen Moment fühlte sie, wie die nächste Hitzewelle ihren Körper hochjagte. Erschöpft ließ sie sich auf den Hocker in der Anprobe gleiten. Schweißperlen liefen, japsend tastete sie ihren Schoß ab. Durch das Nylongewebe der Strumpfhose fühlte sie mehrere Zentimeter fleischliche Röhre und einen daran angehängten, weichen Hautsack, bestückt mit zwei pflaumengroßen Kugeln.

„Nein, das kann nicht ich sein, nein", flüsterte sie, nahm eine der Kugeln zwischen Daumen und Zeigefinger und drückte fest zu. Ein unbekannter Schmerz durchzog ihre Bauchhöhle. Jaulend sprang sie auf.

„Frau von Wurmlingen, alles in Ordnung?", meldete sich eine Stimme.

„Danke, alles Bestens", hörte Charlotte sich antworten und flach weiter atmen.

„Bitte melden sie sich, falls sie Unterstützung brauchen, Frau von Wurmlingen", flötete die Verkäuferin zurück.

Charlotte nickte ihrem Spiegelbild zu, stand auf, stemmte die Hände in die Hüften und begann sich langsam vor dem Spiegel um die eigene Achse zu drehen. Die Person, die sie sah, war ihr bekannt, abgesehen von den Details.

Eine mittelalte Gestalt mit Perlenohrsteckern und Haarbüscheln, die aus den Ohren lugten. Ein goldenes Medaillon um den Hals. Vereinzelt dunkle Borsten auf Schultern und Rücken, Ober– und Unterschenkel mit Haaren annektiert. Ein Anhängsel zwischen den Beinen. Dichtes Pelzkleid auf den blassen Armen und Härchen auf den Fingerwülsten. Das Spiegelbild, ihrem gleich und doch wieder nicht.

Charlotte zitterte, fuhr sich mit den Händen über die flauschigen Arme. Sie schluckte. Mit leisem Krachen pellte sich ein Adamsapfel aus ihrem Hals. Schmerzen bereitete ihr das nicht. Im Gegenteil, es fühlte sich an, als streife sie etwas ab, befreie sich von etwas. Sie lächelte schief, hatte sich ein jahrelanger Wunsch erfüllt?

Begleitet von leichtem Kribbeln, breiteten sich flächenweise Bartstoppeln über Gesicht und Hals aus, es kitzelte. Sie musste sich zusammenreißen, streichelte beruhigend mit beiden Händen ihr neues raues Gesicht und kicherte.

Eben noch, geplagt von schlimmsten Wechseljahresbeschwerden, empfand sie sich auf einmal wie neu geboren, stark und kräftig, genesen nach einer Krankheit. Eine Metamorphose, ausgelöst durch die Wechseljahre, oder Plastik-Weichmacher die das Erbgut verändert hatten?

Zufällig ein Mann sein, das fühlte sich nicht schlecht an – mal was anderes. Und dann noch in der zweiten Lebenshälfte – auch das hatte etwas Gutes. Außerdem gab es wichtigere Dinge als das Geschlecht und Erscheinungsbild einer Person. Die Regierungsgeschäfte, die Politik – schließlich war sie Verteidigungsministerin, die erste seit Bestehen des Deutschen Bundestages.

Charlotte ließ sich auf dem Kabinenhocker nieder, fuhr sich über die flache Brust und öffnete die Ösen ihres Büstenhalters, der sich wie ein Absperrband über die leer gefegten Körbchen spannte. Angewidert sah sie den Büstenhalter an.

„Siehst du, die Melonenschaukel brauchen wir auch nicht mehr", teilte sie ihrem Spiegelbild mit und dachte daran, wie sie dieser Glockenassistent in all den Jahren eingezwängt hat. Meistens entledigte sie sich schon im Hausflur von diesem Ding und ließ die Pumps gegen die Wand krachen.

Mit dem Finger wischte sie sich die Reste des rosaperlmuttfarbenen Lippenstifts ab, der abwegig zwischen den frischen Bartstoppeln glänzte.

Wie eine Barriere lag die seidenmatte Feinstrumpfhose parallel ausgebreitet zum Kabinenvorhang, der Charlotte vom Rest der Welt abtrennte. Draußen liefen die Geschäfte eines normalen Tages weiter und das im Spiegel war sie, die neue Charlotte.

Von jetzt an er, Charly von Wurmlingen der Verteidigungsminister des 19. Deutschen Bundestages, der in der 16. Sitzung pünktlich um 15:00 Uhr in seiner Rede zum Verteidigungshaushalt, Stellung beziehen wollte. Dafür musste sie – Pardon er, raus aus der Umkleide.

„Und wie wirst du das den anderen erklären?", zischte die Strumpfhose, die sich wie eine Schlange vor Charly aufgebäumt hatte.

Einen Moment stutzte Charly, räusperte sich, zog die Luft ein, packte das hautfarbene Ungetüm beim Zwickel und riss es auseinander.

„Halts Maul, du feine Beinpelle, du interessierst mich nicht! Deine Tage als Schenkelpelle sind vorbei, kapiert!"

„Ja bitte?", meldete sich die Verkäuferin.

„Ich hätte gerne einen Anzug, einen mausgrauen, aus der Herrenabteilung, bitte!"

Charlottes Stimme klang drei Oktaven tiefer, die Verkäuferin schien das nicht zu stören, sie meldete nur:

„Oh, Herrenabteilung, wie sie wünschen Frau von Wurmlingen. Und die Größe?"

„Das sollten sie besser wissen als ich, und rechnen sie am besten zwei Nummern drauf, verstanden?"

Charly kniete sich auf den Kabinenboden und lauerte durch den Vorhang, der den Boden nicht ganz berührte. Als ein paar Pumps auf die Kabine zusteuerte, nahm Charly den Platz auf dem Hocker wieder ein.

„Ich hänge sie an die Kabinenstange und sie sagen mir bitte, ob es passt, Frau von Wurmlingen."

Charly griff sich den ersten Bügel, strich über den eleganten Einreiher, feinster Zwirn in edlen mausgrau, die Farbe perfekt. Mit den Augen nahm sie Maß, zog die Hose in schmaler Passform und mit gerade verlaufendem Bein über ihren kaputten Schlüpfer, dessen Nähte ihr neuer Körper gesprengt hatte.

Die Weste im Dandy-Flair auf nackter Haut, darüber das Jackett, präsentierte Charly sich barfuß dem Garderobenspiegel. Erinnert mich an diesen Film, dachte Charlotte und grinste sich zu, *Fifty Irgendwas*, Mister Grey nannte sich der Typ im Film. Der hatte eine Kleiderstange voll mit solchen Anzügen, alle identisch. Ansonsten hatte Herr Grey nicht alle Tassen im Schrank.

„Hallo Mister Charly Grey!" Flirtete Charly mit ihrem Spiegelbild.

„Ja bitte? Soll ich mal schauen, wie es passt?"

„Nein! Seien sie artig und reden sie nur dann, wenn sie gefragt sind, ich werde schnell böse!"

Als Mann hatte man es eindeutig einfacher in Sachen Kleidung, Herr Grey machte es genau richtig. Barfuß trat Charly aus der Kabine und schaute die Verkäuferin an, die gerade die neueste Kollektion Herrenpullover in ein Regal räumte.

„Das ist der Richtige für mich. Diesen und noch neun andere, alle identisch. Na los, machen sie schon!"

Ohne sich von der Stelle zu bewegen, sackte die Verkäuferin wie in Zeitlupe zusammen. Charly fackelte nicht lange, zog sie über den Parkettboden in die nächste Umkleidekabine, und fesselte sie mit den Ärmeln der neuesten Herrenpullover Kollektion an den Kabinenhocker. Niemand würde der Verkäuferin glauben.

Charly schaute auf ihre nackten Füße, ärgerlich, aber Schuhe gab es in diesem Kaufhaus nicht.

„Maschmeyer, ich benötige umgehend ihre Unterstützung, zweites Obergeschoß, Abteilung Damenmoden, *Trends für Frühjahr & Sommer*, dritte Umkleide von rechts" hörte sich Charly in ihr Handy befehlen.

„Jawohl, sofort", kam es von ihrem Chauffeur zurück.

Bevor er sich versah, zog Charly ihn in die Umkleidekabine. Maschmeyer hielt sich die Hand vor den Mund.

„Kein Grund zur Sorge Maschmeyer, nur eine kleine Personalrochade, der Wandel der Zeit", sagte Charly und schaute auf den Boden, dorthin wo Maschmeyer stand. „Was meinen sie, die müssten mir doch passen?"

Wortlos zog Maschmeyer seine Schuhe aus, stellte sie neben Charlys nackten Füße.

„Ich würde sagen, ja."

„Danke Maschmeyer", sie reichte ihm die Hand, „ab jetzt Charly."

„Gerd, nennen sie mich Gerd, Charly." Sagte er und versuchte gelassen zu klingen, doch war die Unsicherheit in seiner Stimme nicht zu überhören.

Charly fühlte sich wohl im neuen Körper. Aber, wie so oft im Leben, waren es die anderen. Die anderen, die sich mehr Gedanken machten, als man selbst.

„Hey Gerd, schauen sie nicht griesgrämig. Was wäre das Leben, wenn man nicht den Mut hätte, was zu riskieren?"

Maschmeyer nickte stumm, schaute seine schwarzen Socken an. „Wollen sie die auch – äh, willst du die auch, Charly?"

„Nee Gerd, lass mal gut sein. Mach mir die Preisschilder ab und dann geh und bezahl die Einkäufe. Das reicht für heute. Ich hab gleich noch Sitzung."

Die schwarze Staatskarosse setzte sich in Bewegung. Über den Rückspiegel kontaktierte Charly den Chauffer.

„Zum Bundestag Gerd. Und was meinst du, soll ich mir zukünftig einen Bart stehen lassen?"

„Ich weiß nicht, besser du besprichst das mit deiner Familie. Na ja, und was ist mit deinem Widererkennungswert?"

Die anderen, immer die anderen, dachte Charly und erste Zweifel nagten an ihrem Transformationsprozess. War die Gesellschaft denn so oberflächlich, doch nicht die Politische. Und Peter, ihr Mann? Wer weiß, vielleicht sorgte der unfreiwillig personalisierte Stellungswechsel endlich für den nötigen Aufschwung im längst eingeschlafenen Eheleben.

Hosen an, Karriere im Sack und ein persönlicher Abschied von eindimensionalen Männerbildern, die besondere Macht der zweiten Lebenshälfte. Für Charly nicht länger ein Traum, oder doch ein Albtraum?

Immerhin blieb das Allerwichtigste erhalten, die korrekte politische Substanz, man fühlte regelrecht, wie das Herz für die Partei schlug. Bei der Staatskunst kam es nicht auf Äußerlichkeiten an, dachte Charly und ging noch einmal das Manuskript für die Rede durch.

Auf die Minute pünktlich trat Charly ans Rednerpult, legte die dichtbeschriebenen Blätter vor sich ab und rückte das Mikrofon zurecht.

Gerd saß auf einem der hinteren Zuschauerplätze. Nuscheln, Raunen und jede Menge verhaltenes Gelächter gingen durch den Plenarsaal.

„Hinter jedem starken Mann, steht eine ebenso starke Frau ...", begann Charly, weiter kam sie nicht.

Im Plenarprotokoll des Deutschen Bundestages heißt es:

„Ich eröffne die Aussprache. Als letzte Rednerin in dieser Debatte hat Charlotte von Wurmlingen das Wort."
(Unruhe im Plenarsaal, Zwischenrufe, außer Kontrolle geratene Reaktionen diverser Abgeordneter, Lachen)

„Sehr geehrte Damen und Herren, ich habe mich mit großer Konsequenz und allergrößter Anstrengung persönlich neu aufgestellt. Denn, wie sie wissen: Hinter jedem starken Mann, steht eine ebenso starke Frau ..."
(Abgeordneter Schwatz für die LmaA-Fraktion:)

„In welchem Krisengebiet haben Sie sich denn aufgehalten, dass Ihnen so etwas passieren kann, Frau Verteidigungsministerin? Das zum Thema Emanzipation und moderne Kriegsführung ohne Selbstverschulden."

(Beifall und Gelächter bei allen Fraktionen)
(Die Abgeordnete Hetz für die LG-Fraktion:)

„Sie sind eine inhaltliche und äußerliche Lüge. Schämen Sie sich. Ich fordere sie hiermit offiziell zum Rücktritt auf!"

Buhrufe brachen über Charly herein und dazwischen ein faustgroßes Geschoß, taumelnd sackte Charly zusammen.

(Die Ministerin wird von einer Apfelsine getroffen und geht hinter dem Rednerpult zu Boden. Die Sitzung wird für geschlossen erklärt.)

Eine Träne lief Maschmeyer über die Wange.

In einem Auszug der Tageszeitung *Neues aus dem Morgenland,* heißt es eine Woche später:

Dem ehemaligen Chauffeur Gerd Maschmeyer drohen bis zu 15 Jahre Haft. Er erstickte Frau Doktor Charlotte von Wurmlingen, die frühere Bundesverteidigungsministerin seine ehemalige Chefin, auf einer Station der Berliner Charité mit einem Polyester-Faserbällchen-Kissen. Zuvor war Frau von Wurmlingen von einem politischen Gegner am Kopf verletzt worden. Auch andere Oppositionelle hatten Frau Doktor von Wurmlingen, die neuerdings sehr burschikos auftrat und ansehnlich maskulin wirkte, attackiert und zum Rücktritt aufgefordert. Der Bundestag schweigt zu den bekannten Vorfällen.

Stichtag

Mit seiner Fähigkeit nüchtern-analytisch und Entscheidungen ohne Empathie zu treffen, hatte Pimpel es an die Führungsspitze des Konzerns geschafft. Seit zwei Jahren flog er ausschließlich First- und Business-Class und nur mit Handgepäck. Für Konferenzen in New York, London, Warschau, Paris und so weiter. Er dachte ökonomisch, hatte einen Business-Trolley mit Arbeitstisch, trug Wegwerf-Hemden und drei Smartphones bei sich. Pimpel, nutzte jede Wartezeit, um sich auf seinem mobilen Mini-Tischchen auf Meetings vorzubereiten. Ein Handlungsmensch und risikoaffin.

An diesem Tag aber gerade nicht, er konnte nicht. Etwas Unvorhersehbares war ihm in der Nacht dazwischen gekommen, hatte ihn überrannt. Es ging ihm an den Arsch, und das machte ihm Kopfzerbrechen.

Eine Weile suchte Pimpel im Treiben des Flughafens Zeitvertreib. Er beobachtete die Reisenden, hielt Ausschau, testete, wer ihm auf Augenhöhe die Anerkennung verwehrte. Ein Ablenkungsspiel, denn nicht schon wieder, wollte er sich die Brille vom Gesicht reißen, mit beiden Handballen durch die Augen und anschließend über die gegelte Frisur, reiben – die totale Anti-Business-Geste.

Etwas, dass sich damals, gegen Ende des Studiums, bei ihm eingeschlichen hatte, als es auf die Abschlussprüfungen zuging. Mit Druck konnte er inzwischen umgehen, einfach die emotionale Region abschalten, was er deutlich nachweisbar beim Hirnscan – der neuerdings innerhalb des Konzerns verlangt wurde, wenn man weiterkommen wollte, bewiesen hatte. Die letzte steile Beförderung nach der Auswertung des Scans, hatte ihm das bestätigt, was er ohnehin wusste.

Dennoch, seit Entdeckung des *Dings*, am Morgen, war diese hässliche Attitüde von damals zu ihm zurückgekehrt und es war schwer, nicht schon wieder am Brillengestell zu reißen.

Ich muss meine Selbstkontrolle behalten, dachte er und schlug sich selbst leicht auf die manikürten Finger. Der Boden der Düsseldorfer-Flughafen-Lounge breitete sich unter seinen Füßen aus. Er starrte auf die glänzenden Schuhspitzen und versuchte sich zu fokussieren, so wie er es gelernt hatte. Aber, beinahe alles, was er in den letzten Jahren in interaktiven Seminaren, Konferenzen und Workshops an Wissenszuwachs abgegriffen hatte, schien dahin.

Als Führungskraft musste er doch – verdammt noch mal – in der Lage sein, seine Aufmerksamkeit in die richtigen Bahnen zu lenken. Wie konnte er sich bloß von so einem feisten *Ding* regieren lassen?

Im Kopf ging Pimple anhand des *Sechs-Punkte-Plans-für Manager* durch, was möglich war:

1. *Manipuliere dich selbst.*
2. *Sei eloquent und skrupellos.*
3. *Kontrolliere dein Ich.*

4. *Sei ambitioniert und lächle.*

5. *Erforsche die anderen.*

6. *Nimm Schauspielunterricht.*

Plan hin oder her, es funktionierte nicht. Nichts davon machte Sinn, in dieser besonderen Krisensituation. Pimpels Gedanken schweifen ab, führten ihn immer wieder hin zu diesem einen Augenblick, der Moment, an dem er ihn zum ersten Mal gespürt hatte, den Stich. Der Stich, der von diesem *Ding* grässlichen ausging.

Es war gegen vier Uhr in der Früh, noch bevor sein Handy ihn mit den Klängen der Shakuhachi, einer japanischen Bambusflöte, geweckt hatte. Wie ein Messerstich hatte es sich angefühlt, mitten in die Furche, die seine squash-gestählten Arschbacken, voneinander trennte. Und seitdem, lief alles aus dem Ruder.

Mit leerem Blick sah Pimpel zum Check-in-Schalter der Kranich-Airline, schaute die Blonde im dunkelblauen Kostüm an. Zwischen ihren vollen roten Lippen entblößte sie eine Reihe strahlend weißer Zähne, lächelte ihm zu. Die meisten Frauen schenkten ihm ein Lächeln und er, er gab fast immer eines zurück – ein gefragter Sunnyboy. Aber gerade, als er ansetzte und seinen Mund öffnete, durchfuhr es ihn wieder. Stich!

Es gelang ihm gerade eben, mit leicht verkniffenem Gesicht zurückzuschauen. Sein Charisma war dahin, das *Ding*, raubte ihm die Selbstverliebtheit, hatte ihn fest im Griff.

Mit gequälter Miene stand er auf, strich verlegen über den Business-Dress, tat als wolle er sich die Falten aus dem Jackett streichen. Die Blonde lächelte längst jemand anderem zu. Pimpel, setzte sich wieder, fühlte sich wie ein verwundetes Tier.

Ich bin ein großartiger Geschäftsmann, ich habe Privilegien, ich kenne die Karrierespielregeln, ich zeige Nervenstärke, ich warte am Gate, ich fliege nach Kopenhagen und ich werde die größte Präsentation halten die Kopenhagen jemals gehört und gesehen hat, dachte er.

„It's showtime", feuerte er sich am Schluss seiner Gedanken laut an und nickte grinsend.

Aber weil er spürte, dass seine Worte nicht auf Anhieb wirkten, sprach er sie mehrmals hintereinander wie ein Mantra laut aus, betonte jede Silbe einzeln. Solange, bis ihn sein Sitznachbar höflich von der Seite aufforderte, endlich still zu sein.

„Majestätsbeleidigung", dachte Pimpel, und ignorierte den Nachbarn. Bis der schließlich sagte:

„Halt endlich die Klappe du Idiot!"

Pimpel, schnappte nach Luft. Der wachsende Kloß aus Wut und Angst, der seit diesem Morgen zum Dauerbegleiter geworden war, hätte ihn unter anderen Umständen zu einem Schlag in das debile Gesicht seines Sitznachbarn ausholen lassen. Umstände ohne dieses *Ding*, dachte er deprimiert, und erinnerte sich an Zeiten, wie er im Job ein Klima der Angst ausspielte – ohne Worte, wann immer er wollte. Aber heute, heute war alles anders. Das *Ding* schwächte ihn, saugte ihn aus.

In welchen zeitlichen Dimensionen darf ich überhaupt noch denken, ein oder zwei Geschäftsjahre, kurz- oder mittelfristig, fragte er sich. Es brodelte in ihm, hörte nicht auf, Fragen zu stellen. Aus der Innentasche seines Jacketts zog er ein gebügeltes mit seinem Monogramm besticktes Taschentuch und schniefte leise hinein. Es war demütigend und entwürdigend, was an diesem Morgen im Bad geschehen war. Immer wieder lief es vor seinem geistigen Auge ab.

Es war direkt nach dem ersten Stich, als er aufstand, nachschauen, im Bad. Und weil ihm nichts Besseres eingefallen war, hatte er sich eine komplizierte Konstruktion aus Olgas Kosmetikspiegeln gebaut, ausgerichtet auf das *Ding*. Erst nach einigen Korrektureinstellungen war es ihm gelungen einen Blick auf das *Ding* zu werfen, auf dem Badewannenrand hockend, wie Gollum.

Was sich vor seinen Augen auftat, war bedrohlich. Zwischen seinen Arschbacken wölbte sich ein rötlicher Krater. Und weil er angefangen hatte stark zu transpirieren, war er auch noch vom Badewannenrand gerutscht, hatte sich den linken Knöchel verdreht und Olgas Spiegel in tausend Scherben zerbrochen. Den Knöchel spürte er nicht, weil das *Ding* übermächtig war.

Jedenfalls war ihm danach erst die Handykamera eingefallen, leider, auch wenn er das nur ungern zugab.

Während er mit seiner Linken die linke Pobacke von der rechten abspreizte, gelang es ihm, eine Aufnahme von dem *Ding* zu machen.

Am liebsten wollte er sich das Foto in diesem Moment noch einmal ansehen, analysieren, was war, oder was daraus werden konnte. Stattdessen sah er durch die Scheiben auf das Flughafengelände. Das Wetter hätte besser sein können. Nebel in Deutschland, passend zur Stimmung. Nieselregen fiel auf Gepäck und die Flugzeuge auf dem Rollfeld. Er konnte nicht anders, beinahe hätte er sich schon wieder die Brille vom Gesicht gerissen. Aber noch bevor seine Handballen im Gesicht landeten, griff er nach dem Handy, die Ausgangssituation der Furche von Neuem anschauen, analysieren, nachdenken.

Wahrscheinlich lebensbedrohlich, dachte er und vergrößerte den Bildausschnitt auf Maximum. Das Ausmaß der rötlichen Schwellung, ließ sich nicht wegdiskutieren. Und gerade als er das dachte, fühle er, wie das Ding pulsierte, an Größe zunahm, als wollte es ihm etwas mitteilen.

„Good Morning ladies and gentlemen, your Lufthansa Flight is now ready for boarding. Please have your boarding passes ready. To ease the boarding we would like to ask passengers, seatet in rows 1-10 to board first. Holders of a gold or silver card may board at their convienence. We wish you a pleasent flight, thank you and good bye!"

Pimpel stieß die Luft aus, bevor er aufstand.

„Halt durch Junge", sagte er und verpaßte seinem Sitznachbarn eine Kopfnuss, bevor er sich zu dem mit der roten Kordel abgegrenzten Elite-Schalter für Reisende der First und Business-Class begab. Verdutzt schaute ihm der Typ hinterher, während er selbst, langsam mit dem

Trolley an der Hand, durch die Schleuse in den Flieger schob, sich der Aufmerksamkeit dieses debilen Typen gewiss. Es tat gut, zu agieren, nicht auf das *Ding* zu reagieren.

Nachdem Pimpel das Gepäck verstaut hatte, ging er die Präsentation noch einmal im Kopf durch.

Wie immer, würde er sich der totsichern *Airbag-Rhetorik-Methode* bedienen, Worthülsen gebrauchen und die mit Floskeln vermischen, wie:

Nicht näher erläuternde Umstände, Vision, gesunder Menschenverstand, am gleichen Strick ziehen, der erste Schritt in die richtige Richtung, Ziel etc. Auf seinen Lieblingssatz (*Einen Profi erkennt man nicht daran, wie er aus einer verfahrenen Situation wieder herauskommt, sondern daran, dass er gar nicht erst hineingerät*), wollte er diesmal verzichten. Der Satz taugte nicht. Das *Ding* in seinem Allerwertesten, war wer weiß wie da hingeraten, er hatte nicht den Hauch einer Chance gehabt, zu reagieren, oder doch?

Im Geiste ging Pimpel die Klobrillen der Nationen durch, auf denen er in den letzten Wochen sein Geschäft verrichtet hatte. Schnell geriet er an seine Grenzen, denn sich erleichtern, konnte er immer und überall. Eingrenzen ging nicht.

Wie, um sich zu schützen, griff er nach der von der Stewardess gereichten Tageszeitung und legte sie auf seinen Oberschenkeln ab. Von Sitz 7A, sah er nach draußen, schaute der Maschine auf dem Weg zur Startbahn zu, hörte auf das Rumpeln der Räder auf der holprigen

Rollbahn, und darauf, wie die Verkleidung des Flugzeugs knarrte und quietschte. Sie beruhigte ihn, diese Business-Normalität.

Und trotzdem konnte es so nicht weitergehen, mit dem *Ding*. Er musste einen Arzt aufsuchen, der das *Ding* effizient beseitigte, ausgrub, abschnitt, ausbrannte – was auch immer damit anstellte, ihm am Ende das Leben rettete.

Bis jetzt hatte er selbst sich nicht einmal überwinden können, das eigene Gewächs zu berühren. Was aus seiner Grundeinstellung resultierte, Dinge durch die Arbeit anderer erledigen zu lassen, delegieren. Hätte man ihn ansonsten ins Führungsboard katapultiert?

Es hörte auf zu Rumpeln, die Triebwerke heulten auf. Der Flieger beschleunigte immer mehr, und Pimpels Körper drückte sich in den grauen Ledersitz. Die Sitze vibrierten, die Räder holperten in immer kürzeren Abständen, und plötzlich war es ruhig. Pimpel hob ab.

Gerade als er einen Blick in die Zeitung riskieren wollte, fuhr die Maschine das Fahrwerk ein. Und dann, Stich!

Für Sekunden lief Pimpel rot an, vergaß vor lauter Schmerz das Atmen. Nachträglich brach ihm der Schweiß aus und er bat die Stewardess, um ein Glas Wasser.

Pimpel, schnäuzte sich, atmete tief ein und aus, wollte seine Energie rational einteilen – da war doch was, hatte er mal gelernt, in einem Seminar in einem anderen Leben. Einem Leben vor dem *Ding*.

Zur Ablenkung schlug er die Zeitung dann doch auf.

Japan: Parasiten im Arsch – Baden in fließenden Gewässern strengstens verboten.

Titelte die Schlagzeile einer Boulevardzeitung. Pimpel, verschluckte sich, hustete. Das konnte unmöglich wahr sein! Er war in Japan, vier Wochen war das her. Er las noch einmal.

Japan: Parasiten im Anmarsch – Baden in fließenden Gewässern strengstens verboten.

So weit war es schon gekommen, mit ihm und dem *Ding*, in Nähe der Poperze. Plötzlich sprudelte es in seinem Kopf: Ethikseminar, Tokio, Jacuzzi – bitte nicht Harakiri!

Kein Seminar im klassischen Sinne, kein Vortrag, eher ein Millionendeal für den Konzern, der gefeiert werden wollte. Pimpel war von oben auserkoren worden, alles unter Dach und Fach zu bringen.

Am Ende waren es Fingerspitzengefühl, Unternehmenskultur und Gastfreundschaft, die ihn in den Jacuszzi hatten steigen lassen. Ein Jacuzzi mit natürlichem Flusswasser, hatten die Japaner ihm erklärt und Bewegungen von fließendem Wasser mit ihren kleinen Händen vorgemacht. Es war das Einzige, was er verstanden hatte, bevor er angeheitert businessmäßig unter Wasser drauf los vögelte. – Ausschließlich der interkulturellen Kompetenz wegen, und um vertrauensvolle Beziehungen über geografische Grenzen hinweg aufzubauen, versteht sich. Ob es tatsächlich am Flusswasser lag, weswegen er jetzt Parasiten hatte?

Pimpel, riss sich die Brille vom Gesicht, rieb mit den Handballen über die Augen. Noch bevor er sich durch die gegelten Haare reiben konnte, ohrfeigte er sich zweimal selbst. Strafe musste sein.

Und jetzt, gab es noch eine Zukunft für ihn, eine über das vorerst strategische Ziel, Arztbesuch, hinaus? Er wusste es nicht und weil er sich nicht zwischen Wut und Angst entscheiden konnte, verpasste er dem leeren Sitz neben sich die nächste Klatsche mit der flachen Hand.

Während der Durchsage, dass die Maschine in wenigen Minuten zum Landeanflug auf Kopenhagen ansetzte, beugte sich die Stewardess, die ihn seit geraumer Zeit aus den Augenwinkeln beobachtet hatte, über den leeren Sitz zu ihm.

„Kann ich ihnen behilflich sein?"

Pimpel, winkte ab. „Alles gut, ich muss nur mal dringend zur Toilette."

„Sie sollten warten, wir landen gleich."

Pimpel, zuckte die Hand. „Ich muss aber, kapiert."

Die Stewardess nickte, während Pimpel sich losschnallte. Was interessierten ihn die Stewardess und die Landung. Sein neuer Aktionsplan hieß:

Berührungsängste überwinden

Alles musste sofort eigenhändig – wenn auch beim Landeanflug, in der Bordtoilette umgesetzt werden.

Zwischen Toilettensitz und Waschbecken wagte Pimpel eine Grenzerfahrung. Mit Fingerspitzengefühl und

Überwindungskraft, berührte er das *Ding*. Er fühlte es, ein feistes erbsengroßes Gebilde.

Das Flugzeug verlor an Höhe, während Pimpel weinte und sich wünschte, er hätte ordinäre Hämorrhoiden.

Das Business-Schreiten durch die Schleuse war eine echte Wohltat, das Geräusch des rollenden Koffers gab Mut und Zuversicht. Faktoren, die für Pimpels neues Projektcontrolling, *Präsentation trotz Unpässlichkeit*, unverzichtbar waren.

Bevor Pimpel den Konferenzraum betrat, versicherte er sich, dass sein Anzug gut saß, die Frisur passte. Nach Einschalten des interaktiven Whiteboards schaute er kurz ins Publikum und brachte sich gedanklich in seine *Ich-kann-Stimmung*.

Er trat ans Rednerpult und stellte den ersten Kontakt zum Publikum her, rückte seine Brille zurecht und warf den Zuhörern seinen bewährten *Business-Entscheider-Blick* zu. Selbst die vereinzelt übrig gebliebenen Nadelstreifenanzugträger, die sowohl modisch als auch businessmäßig auf der Strecke geblieben waren, schauten ihn interessiert an. Und dann, nach zwei Minuten persönlicher Vorstellung und Erfolgsbilanz, passierte es: Stich!

Um dem Publikum die daraus folgende Schnappatmung nicht zu präsentieren, wechselte er die Stellung, wendete den Zuhörern den Rücken zu, setzte verstärkt auf die Laserpointer-Optik des Presenters. Es konnte ihn nur noch dieser besondere Groove seiner Stimme retten, der ihn als Vortragenden unverwechselbar machte und den er sich lange Zeit antrainiert hat. Und weil dauerhaftes Abwenden von Zuhörern eine zu verräterische Körperhaltung schien, schaute er sein Publikum kurz über die Schulter hinweg an. Doch dann war es wieder soweit: Stich!

Pimpel, riss sich die Brille vom Kopf, ließ den Presenter fallen, rieb sich mit den Handballen durchs Gesicht, stürzte bewusstlos zu Boden.

Die Sanitätsliege, weich gepolstert. Die Sanitäter, ähnliche Farben wie in Deutschland. Jemand erklärte ihm, er habe einen kleinen Schwächeanfall gehabt. Vorsorglich sei er auf den nächsten Flieger nach Hause gebucht.

Überrascht von seiner vorzeitigen Rückkehr, schloss Olga ihren Mann in die Arme und manövrierte ihn energisch auf die Couch ins Wohnzimmer, befahl ihm, sein Hinterteil zu entblößen, und sich auf den Bauch zu legen.

„Schatz, du jetzt tapfer sein musst!"

Pimpel nickte.

Olga drückte zu, immer wieder. Pimpel stoppte den Atem, bis sie ihm das Taschentuch mit dem gelben Eiterklecks entgegenhielt.

„Schatz, ist nicht schlimm, war nur ein Pickel, hab ich durch Schlüsselloch geguckt, was du gemacht hast in Bad. Scherben bringen Glück, aber nicht die von Spiegel – egal. Bei uns ins Russland gibt es Sprichwort: *Russin kommen die besten Gedanken hinterher*."

Er küsste Olga, sehr lange, und dann klingelte das Telefon, Olga reichte ihm den Hörer.

„Herr Pimpel, sie sind raus, nur damit das klar ist! Persönlich empfehle ich ihnen, dringend etwas an ihrem Auftreten zu ändern. Business funktioniert anders!"

Der Troll

So ein in die Jahre gekommener und ehrfurchteinflö-ßender Sitzungsraum eines Amtsgerichts ist wahrhaftig kein Ort, an dem man sich länger als nötig aufhalten möchte, schon gar nicht, um im Glauben an Gerechtigkeit schwelgen zu können.

Aber ich bin auch nur ein Mensch, und hier habe ich wenigstens die Chance einer Erklärung. Die muss ich auf der Stelle abliefern, um meine Welt wieder in Ordnung zu bringen. Ich weiß nicht, ob der Richter mich versteht, auf meiner Seite steht oder gegen mich entscheiden wird. Wahrscheinlich von allem etwas.

Ich fühle mich nahe daran, aufzugeben, denn ich weiß nicht recht, wie ich dem Richter das Besondere erklären soll, was mein Kind und mich als alleinerziehende Mutter ausmacht.

Toby war ein Wagnis, vom ersten Tag an. In den Jahren nach dem Tod seines Vaters, wurde er sogar manchmal ein unkalkulierbares Risiko. Aber ich bin immer noch davon überzeugt, er ist auch ein Geschenk.

Und jetzt trägt das Opfer, der kleine Mann vom Zirkus, einen schneeweißen Verband um die Hand.

Eine Weile höre ich mir selbst beim Atmen zu, dann höre ich in Gedanken den Richter sagen: „Sie haben die Aufsichtspflicht gegenüber ihrem Sohn verletzt ... sie zeigen sich uneinsichtig, deswegen ..."

Was habe ich dagegenzuhalten?

Die werden mir Toby wegnehmen, und ich werde bestraft. Das könnte passieren, haben sie mir gesagt. Ich bin unbelehrbar und dabei weiterhin verdammt zuversichtlich. Und ich schaffe es, mit einem besonderen Kind zu leben. Ich bin stark, so sehr, dass mir der Glaube genügt, mandelförmige weit auseinanderstehende Augen, eine flache Nasenwurzel und ein Chromosom zu viel machen keinen bösen Menschen aus einem Kind und keine schlechte Mutter aus mir.

Kaum konnte Toby laufen, verabschiedete sich mein Mann mit einem Tumor von uns – es ging schnell. In Wirklichkeit wollte er sein Leben nicht mit uns teilen, dachte ich damals.

Die finanzielle Lage war eine echte Herausforderung, bis ich den Job im Laden bekam und Toby auf die Ganztagsförderschule ging.

Und wenn es gut läuft, glaubt man, es läuft immer weiter. Man mutet sich und anderen immer mehr zu, steigert sich – normal.

Dann, nach Tobys fünfzehntem Geburtstag, arbeitete ich täglich eine Stunde mehr und Toby war allein. In dieser Stunde ist es dann passiert.

Der Richter nimmt die Akte vom Tisch und steht auf.

Ich bete: Lieber Gott, sollen sie mich doch bestrafen, aber mach, dass die Recht sprechende Justiz sich nicht des Diebstahls an meinem Sohn schuldig machen wird.

Der Richter spricht deutlich. Er wirkt nervös. Das liegt nicht daran, dass das Corpus Delicti, ein dickes rotes Märchenbuch über Trolle und Feen, aufgeschlagen vor ihm liegt. Damit hat Toby Lesen und Schreiben gelernt, was für ein Kind mit Downsyndrom nicht leicht ist. Aber das zählt nicht. Hier gibt es nur Recht oder Unrecht.

Es passt nicht zu Toby, dass er Böses tut. Nachdem Toby mich das erste und einzige Mal im Laden anrief und mir vom Troll erzählte, den er im Abstellraum für mich gefangen hielt, ließ ich alles stehen und liegen, rannte los – war in sieben Minuten zu Hause.

Ich weiß, mein Sohn liebt Überraschungen und bereitet gerne selber welche. Hand in Hand gingen wir durch die Wohnung. Dann sah ich das zerbrochene Bild, das von der Wand gefallen war, die Bodenvase, deren Inhalt auf dem Teppich in einer Wasserlache verteilt lag, und die Vorhänge mit den abgerissenen Schlaufen – Chaos.

Nur, dass es niemals boshafte Gedanken gab, als Toby den kleinwüchsigen Mann, der an der Haustüre um Spenden für den Zirkus bat, eingesperrt hatte. Toby hat sich bei dem Mann entschuldigt, und ich auch.

Der Richter fragt, ob ich noch etwas sagen wolle, ich schüttele den Kopf. Der kleine Mann blickt auf den Boden, seine Füße schweben in der Luft und der Richter spricht das Urteil.

Ich bin erleichtert, die werden mir mein Kind nicht stehlen.

Es ist Weihnachten. Wir kommen nach Hause. Toby geht zum Briefkasten, holt einen goldenen Briefumschlag heraus und überreicht ihn mir ehrfürchtig.

„Mama, schau mal, wir haben Post vom Weihnachtsmann. Ein Brief aus Gold."

Ich schüttle den Kopf. „Es gibt keinen Weihnachtsmann, Toby, bitte glaub mir."

„Doch, tut es. Auch wenn er nicht selber hier war, sondern seinen Boten geschickt hat, und der ist ein Troll."

Es fühlt sich an, als tut sich der Boden unter den Füßen auf. Ich falle, tiefer, immer tiefer. Bevor ich aufschlage, öffne ich den Briefumschlag. Toby schaut mir über die Schulter.

Frohe Weihnachten und bitte verzeiht mir, ich habe vergessen, wie es ist, anders zu sein. Der Troll aus Liliput.

„Siehst du Mama, es gibt ihn doch."

„Wen, Toby?"

„Na den Troll – und den Weihnachtsmann auch."

Hummer Thermidor

Mir blieben weniger als 60 Minuten. Der Backofen war auf 220 Grad vorgeheizt und die unterste Schiene mit den vier gleich großen, in Alufolie eingewickelten Kartoffeln, belegt. Hummer Thermidor mit Kaviarkartoffeln – ein Klassiker der französischen Küche, dessen Namensgeber Napoleon Bonaparte war. Er hatte das Gericht nach dem elften Monat des französischen Revolutionskalenders benannt, das hatte ich mal als Erklärung auf einer Speisekarte gelesen.

Achim und ich lieben Gourmetrestaurants und besonders die französische Küche - welcher Art auch immer.

In diesem Moment, während ich allein in der Küche hantierte, fragte ich mich, ob Napoleon jemals Geldsorgen gehabt hatte, wie wir. Wahrscheinlich nicht. Aber obwohl wir unterschiedlicher nicht sein konnten, er klein und mutig, ich ... na ja, waren wir beide am Ende gescheitert. Er bei der legendären Schlacht um Waterloo, ich beim verzweifelten Kampf um unser Eigenheim.

Es war Wochenende, und der Tag, vor dem ich mich in letzter Zeit am meisten gefürchtet hatte, hatte längst begonnen.

Die weiße Hochglanz-Designer-Küche unseres schicken *Einfamilien-Energiespar-Traumhauses* mit Erdwärmepumpe, Fotovoltaikanlage und *Regen-Wellness-Dusche*, blinkte mir entgegen. Ich an der funktionalen Kochinsel, vor mir auf dem Tranchierbrett bäuchlings die vier

Hummer, die darauf warteten, anständig von mir zerlegt zu werden.

Kochen ist meine Leidenschaft. Ich bin erst seit Kurzem wieder im Beruf. Essen ist unser aller Hobby. Meine Familie, das sind unsere Pubertierenden, von zu viel Hüftgold umringten Zwillinge, die niemals mit dem falschen Label auf den Klamotten das Haus verlassen, ein schwarzer Riesenschnauzer und mein Mann Achim.

Achim ist Frisör – nein, war Frisör. Er hatte Angestellte und einen eigenen Laden, lief gut, der Salon.

Das ist jetzt anders, Achim ist seit zwei Jahren berufsunfähig. Was geblieben ist, die Kredite für unser Haus, die hohen Nebenkosten, Leasingraten, unser Lebensstil und die vielen schlechten Gewohnheiten.

Wenn ich andere behaupten höre, sie lebten von der Hand in den Mund, frage ich mich, wie das möglich ist, ehrlich. Zwei Jahre ist es her, da haben wir genau das versucht. Und was hat es uns gebracht – wir stehen heute schlimmer da als vorher. Ich wünschte, Achim hätte seine linke Hand noch. Die, in der er beim Haareschneiden immer den Kamm gehalten hat. Seine Entscheidung.

Noch 41 Minuten.
Ich linste vorsichtig durch die Küchentüre. Achim saß mit seiner Handprothese und den Kindern am gedeckten Tisch, wartete auf mein Signal. Wir hatten abgesprochen, dass alles sein sollte, wie immer. Die Kinder um Gotteswillen keinen Verdacht schöpften.

Heute war mein Tag. Ich war daran, unser Haushalts-defizit auszugleichen, die Krise abzuwenden.

Also bemühte ich mich, gemäß dem Rezept fortzufah-ren, löste das gekochte Hummerfleisch aus den Schalen und schnitt es sorgfältig in gleich große Scheiben. Alles war gut vorbereitet, und die 22 Zentimeter lange Hum-merzange aus rostfreiem Edelstahl, die ich kürzlich zum Schnäppchenpreis von 189 Euro bei eBay ersteigert hatte, wartete auf den ersten Einsatz.

Freuen konnte ich mich über diese Errungenschaft nicht, auch wenn sie zur Grundausstattung eines Haus-halts, wie dem unseren, gehört.

Nur allzu deutlich führte mir das schlichte Werkzeug vor Augen, was ich als Nächstes zu tun hatte.

Ich konnte nicht anders, Achim und ich waren uns ei-nig, hatten den Plan für das Rettungspaket beschlossen. Das Paket war geschnürt, ein Zurück unmöglich.

„Brigitte, Essen fertig?", trällerte er aus dem Wohn-zimmer, wie wir es vereinbart hatten.

Ich hörte, wie meine Familie sich gegenseitig zupros-tete, die Gläser klirrten, der Hund kläffte. Achim spielte seine Rolle gut, für mich war er ohnehin ein Held.

Noch 28 Minuten.
Ich beträufelte das Hummerfleisch mit einem Esslöffel Olivenöl und holte vorsorglich den trocknen Weißwein aus dem Kühlschrank, dabei fiel mein Blick auf die Sher-ry-Flasche. Zum Desinfizieren war der zu schade.

Nervös nahm ich einen Schluck aus der Flasche. Ich lag verdammt gut in der Zeit, die Schalotten waren geschält und gehackt, mussten nur noch gemeinsam mit 100 Gramm Butter in einem Topf hellgelb gebraten werden. Dennoch, die Zeit arbeitete gegen mich.

Ich stand quasi kurz vor dem Ende von Waterloo. Meine letzte Schlacht fand auf 30 Quadratmetern Marmorboden vor einer traumhaften Kochinsel statt, bevor ich endgültig aus der Küche verbannt würde.

Achim empfand das alles stilgerecht. Der hatte gut reden, hatte es längst hinter sich gebracht und durfte jetzt kostenlos Bus fahren.

Seitdem er mich am Martinstag beim Zubereiten der Gans unterstützt hatte, trug er den Ehering rechts - links die Prothese. Aber er arrangierte sich. Heim und Familie gehen ihm immer schon über alles und gutes Essen durch den Magen. Und wie würde es mir in Zukunft gehen?

Schweiß standen mir auf der Stirn, während ich viel zu langsam vier frische Eigelb Größe M in die Rührschüssel gab und den Weißwein hinzufügte. Für ein paar Sekunden drückte ich die Sherry-Flasche an meine Stirn, wollte mich beruhigen, einen kühlen Kopf bewahren, noch schnell das Eigelb rezeptgetreu im heißen Wasserbad aufschlagen bis eine luftige Creme entsteht.

Bereits nach den ersten Bewegungen rebellierte mein Körper. Schwer atmend ließ ich mich auf dem Küchenstuhl nieder, der Hund zu meinen Füßen. Tiere spüren das, wenn etwas nicht stimmt.

Und Napoleon ahnte damals nichts von seiner bevorstehenden Niederlage. Ich schon, und das ist viel schlimmer, dachte ich, und wischte mir die Tränen mit dem Blusenärmel ab.

Noch 8 Minuten.
In meinem Kopf spulte ein Film ab, untermalt vom sanften Brummen der Erdwärmepumpe. Wir wollten sparen, nicht nur Energie. Das Energiesparhaus sollte unser Aufschwung sein – etwas dem wir nicht widerstehen konnten.

Sicherlich, nach dem ersten Banktermin wunderten wir uns darüber, wie vermögend wir waren. Niedrige Zinsen, staatliche Förderungen, die gut gelaunten Banker und Augenwischerei, hatten uns nach den Vertragsunterschriften zu reichen Leuten erklärt.

Unser sonniges, umweltfreundliches Haus produzierte Strom, und wir verdienten auch noch daran, fühlten uns als clevere Geschäftsleute und stolze Hauseigentümer. Als Sahnehäubchen obendrauf, hatten wir uns alle ein neues Handy gegönnt. Die Sparhandy-Angebote waren wie für uns gemacht, passten perfekt in unser neues Konzept. Und weil das den Braten auch nicht fetter werden ließ, gönnten Achim und ich uns zwei Wochen Wellness auf den Seychellen - preiswerter als man denkt.

Da wir auch zukünftig unsere gute Finanzlage nicht gefährden wollten, schlossen wir - mehr oder weniger und auf Empfehlung unseres Bankberaters, ein paar von diesen Versicherungen ab. Solche, die man um nichts in

der Welt in Anspruch nehmen will. Unsinnige Rettungs-
pakete, dachten wir. Alles war simpel.

Der Banker klopfte uns auf die Schulter, gratulierte:

„Versuchungen sollte man nachgeben, wer weiß,
wann sie wiederkommen".

Ich erinnere mich genau.

Es ist nicht, dass ich nicht rechnen kann. Ich weiß genau, welche Zutatenmengen in einen Kuchen gehören,
damit er mir gelingt, trotzdem weiß ich bis heute nicht,
was ein Disagio ist. Für mich hört es sich wie eine teure
Modemarke an. Aber inzwischen glaube ich, selbst wenn
ich es besser wüsste, würde es uns nicht weiterhelfen,
denn die Kredite fressen uns auf.

Noch 1 Minute.
Ich würgte. In Gedanken konnte ich förmlich hören, wie
mein Mann mir gut zuredete, doch bitte endlich, zur Tat
zu schreiten. Ich war ein Nichts und Niemand gegen Napoleon oder Achim.
Mein Achim, der sich, damit wir endlich aus den Miesen
kamen, unter meiner Regie mit dem Küchenbeil die
Hand abgehackt hatte, damals am Sankt-Martinstag.

Wir hatten alles gut durchdacht. Seine Hand nicht den
Sanitätern überlassen, sie vorher im Gefrierfach versteckt
und behauptet unser Hund sei damit abgehauen. Bloß
nicht wieder annähen, das war wider den Versiche-
rungsbedingungen, und wir wollten uns weiß Gott nicht
noch mehr Ärger einhandeln.

Ich schaute meine Finger an, mit denen ich ins Hundefell griff. Was hatten die nicht schon alles erlebt, und heute sollte ich mich von mindestens zwei von ihnen trennen, damit wir den Ratenrückstand der letzten Monate aufholen konnten. Der Hund sah mich verständnislos an, drehte sich und leckte mir über die Hand. Angstschweiß floss mir aus den Poren, der Backofen piepte. Es war soweit. Ich musste es tun. Aber war es die Sache auch wert?

Meine Gedanken überschlugen sich: Achims Hand hatte uns auf einen Schlag fünfzigtausend gebracht. Das Geld war nicht mehr als ein Tropfen auf dem heißen Stein.

Meine Finger gaben pro Stück maximal achttausend her, eine Kleinigkeit. Mit Kleinigkeiten gebe ich mich schon lange nicht mehr ab. Anstatt die Hummerschere anzusetzen, nahm ich kurz entschlossen gleich das Beil. Wenn schon denn schon.

Ich schloss die Augen, der Hund drückte sich an mein Bein und jaulte auf, als ich ausholte.

Als ich die Augen aufschlug, sah ich, was passiert war: Gar nichts.

Und weil ich nicht wusste, ob ich lachen oder weinen sollte, sagte ich leise: „Wenn man Dummheiten macht, sollten sie wenigstens gelingen."

Achim und die Kinder waren wie aus dem Nichts aufgetaucht, starrten mich entsetzt an. Dann klingelte es an der Tür.

„Guten Tag mein Name ist *Peter Zwegat*, sie haben mich gerufen."